U0139834

呦呦鹿鸣，食野之苹

日之夕矣，羊牛下来

诗经精选

方铭 译注

华龄出版社
HUALING PRESS

图书在版编目（CIP）数据

诗经精选 / 方铭译注 . -- 北京 : 华龄出版社，
2023.2

ISBN 978-7-5169-2448-8

Ⅰ . ①诗… Ⅱ . ①方… Ⅲ . ①《诗经》– 译文②《诗
经》– 注释 Ⅳ . ① I222.2

中国版本图书馆 CIP 数据核字（2023）第 020562 号

策划编辑	高 欣		责任印制	李末圻
责任编辑	李梦娇		装帧设计	高高 BOOKS

书　　名	诗经精选	译 注	方 铭
出　　版	华龄出版社　HUALING PRESS		
发　　行			
社　　址	北京市东城区安定门外大街甲 57 号	邮　编	100011
发　　行	（010）58122255	传　真	（010）84049572
承　　印	文畅阁印刷有限公司		
版　　次	2023 年 5 月第 1 版	印　次	2023 年 5 月第 1 次印刷
规　　格	880mm×1230mm	开　本	1/32
印　　张	15	字　数	247 千字
书　　号	ISBN 978-7-5169-2448-8		
定　　价	88.00 元		

不学《诗》，无以言。

前　言

　　孔子的时代，即春秋中叶，仍然保留有从商、西周时期留传下来的诗歌 3000 多首，孔子为了教育学生的需要，从中选择了有助于了解商周社会现实、有助于培养学生的仁义情怀、有助于促进周朝文化建设的诗歌 305 首，编为《诗经》，供学生学习。周朝灭亡后，商周时期的诗歌失传，只有《诗经》被孔子的学生保存了下来，《诗经》便成了中国古代最早的诗歌总集。

　　《诗经》是体现中国传统文明的重要典籍，是六经的重要组成部分，也是我国现存最早的一部诗集。《论语》中记载了不少孔子与学生讨论《诗经》的言论，如说"兴于《诗》，立于《礼》，成于《乐》"，"不学《诗》，无以言"，

"《诗》可以兴，可以观，可以群，可以怨，迩之事父，远之事君，多识于鸟兽草木之名"等，无不说明学习《诗经》的重要性。长期以来，《诗经》在六经之中排在首位，是六经之首经。《诗经》是中国古人接受教育的入门教科书，也是士大夫与人交往交流的工具书，了解和理解社会复杂性的活材料。

《诗经》305首诗，由风（又称"国风"）、雅（小雅，大雅）、颂三部分组成，其中风共分十五部分，所以也称"十五国风"，即有《周南》11篇，《召南》14篇，《邶风》19篇，《鄘风》10篇，《卫风》10篇，《王风》10篇，《郑风》21篇，《齐风》11篇，《魏风》7篇，《唐风》12篇，《秦风》10篇，《陈风》10篇，《桧风》4篇，《曹风》4篇，《豳风》7篇，共160篇；雅凡105篇，其中小雅74篇，大雅31篇；颂凡40篇，其中周颂31篇，鲁颂4篇，商颂5篇。风、雅都有正、变之分，郑玄《诗谱》认为，"二南"属于正风，其他十三国风属于变风，《鹿鸣》至《菁莪》16篇为正小雅，《六月》至《何草不黄》58篇为变小雅，《文王》至《卷阿》18篇属于正大雅，《民劳》至《召旻》13篇是变大雅。正风、正雅是产生于西周盛世，是盛世之音，变风、变雅是在衰乱之世的怨刺淫乱之言。

上海博物馆藏战国楚简（以下简称"上博简"）《孔子诗论》则称"国风"为"邦风"，"雅"为"夏"，"颂"为"诵"。"颂"也可以写为"讼"。风的意思是"讽"，即讽喻。国风来自诸侯国，主要反映诸侯国民众的生活，诗的作者通过个人的具体遭遇书写诸侯国的民风民俗，社会政治善恶，周天子通过诗了解诸侯国的社会状况。国风分布的地区，大概包括今甘肃、陕西、河南、山东、山西、河北、湖北一带。大雅的篇幅较长，小雅的篇幅较短；大雅多为歌颂祖先与神明的赞美颂扬之诗，小雅则更多是对社会的揭露与批判之诗，当然也包括对士大夫生活的记录。大小雅以政治讽喻诗为主，作者多为周天子的近臣。大雅的作者主要是周王朝的上层士大夫，小雅的作者包括周王朝的士大夫，也有诸侯国的上层士大夫和普通下层士大夫。大、小雅篇数既多，为了区别，以十篇为一组，称为"什"。颂是祭祀祖先和神明时的祭歌，内容多是对祖先功德的歌颂与赞美，也记载了一些农业生产的情况。《周颂》主要用于祭祀，包括祭帝于郊、祀社于国、祖庙、山川及五祀。《鲁颂》主要为祭祀鲁僖公而作，《商颂》应该是殷商祭祀先贤之作。

　　《诗经》真实地展现了它所在时代的丰富生活，同时，也充分地体现了孔子及原始儒家的价值观。要了解中国悠久的历史，传承和弘扬中国传统文化，培养爱国情怀，学习《诗经》是我们的必修课。

　　《诗经》篇幅巨大，为了方便读者了解《诗经》，我们从《诗经》各个组成部分中选择了部分内容鲜活、语言生动、篇幅较小的诗篇，共118首，作了简单的注释，并附白话翻译和简单的评析，供读者阅读。我们把编选的重点放在《国风》部分，而大、小雅和颂中的诗篇往往篇幅较长，内容多数涉及比较严肃和沉重的内容，虽然对体现《诗经》的价值具有重要的意义，但为了使读者阅读起来更轻松一些，我们选择相对少一些。如果读者有兴趣全面了解《诗经》，可以阅读由陕西人民出版社出版的拙著《诗经古义复原》。

　　我曾著有《诗经新注新解》一书，其中的白话翻译是由于静、伊雯君、任海萍、张雅丽、温一格等同学完成的，这118首诗的翻译，就是在原翻译的基础上修改的。本书的注释和题解部分，是在《诗经新注新解》的注释、题解及评析的基础上修改的，刘娟、赵妍、冯茂民等同学曾对《诗经新注新解》进行过修改和校对，在此一并致谢。

　　本书所用插图选自台北故宫博物院所藏《御笔诗经图》。《御笔诗经图》是一套诗经历史画，图册收录了乾隆以真、草、篆、隶四体书写《诗经》311篇，并辅以宫廷画师临摹南宋画家马和之的《诗经图》。本书从中选取 53 幅置于相应诗歌之中，并将原文中与插图意境相合的句子附于其下，旨在以图证史、以图解诗，以期为读者带来更加感性美妙的诗经阅读体验。

目 录

风

1

雅

颂

风

周南

　　《国风》是《诗经》中内容最多的部分，共有 160 首诗。《周南》是《国风》的第一部分，共 11 首诗。《周南》《召南》在《国风》之中属于正风，体现的是周代德治的成果，所以在《国风》之中的地位最为重要。周武王去世，周成王年幼，周公曾经摄政称王，因此说《周南》是"王化之基"。西周初，周公姬旦和召公姬奭分陕而治，陕即今河南陕县。周公居东都成周洛邑，管理陕东。一般认为，《周南》当是周公治下南方地区的歌诗，地域大概在今洛阳以南，一直抵达长江、汉水流域，在今河南西南部及湖北西北部。

关雎

关关雎鸠，在河之洲；^一
窈窕淑女，君子好逑。^二

参差荇菜，左右流之；^三
窈窕淑女，寤寐求之。^四

求之不得，寤寐思服；^五
悠哉悠哉，辗转反侧。^六

参差荇菜，左右采之；^七
窈窕淑女，琴瑟友之。^八

参差荇菜，左右芼之；^九
窈窕淑女，钟鼓乐之。^十

译文

雎鸠关关唱，双栖河洲上；
娴淑好姑娘，君子佳配偶。

长短水荇菜，顺流左右采；
娴淑好姑娘，寤寐难忘怀。

求之不能得，日夜都想她；
思念无尽头，辗转难入眠。

长短水荇菜，左右不停摘；
贤淑好姑娘，琴瑟亲近她。

长短水荇菜，左右把它摘；
娴淑好姑娘，钟鼓取悦她。

注 释

一　关关：鸟类雌雄相应的和声。雎鸠（jū jiū）：鸟名，又称鹗，
　　一说即鱼鹰，一说为白鹭。洲：水中陆地。

二　窈窕（yǎo tiǎo）：娴淑的样子。好逑：佳偶。一说"好"为
　　爱慕之意，一说为"和好"。

三　参差（cēn cī）：长短不齐的样子。荇（xìng）菜：一种水生

植物名，可食用。左右：左边和右边。一说指女子的双手，一说指船的左边或右边。流：假借"摎"，择取。

四　寤寐（wù mèi）：醒着，睡着，指日夜不停。

五　思服：思念。

六　悠哉：悠长，形容思念深长。辗转反侧：翻来覆去，不能安然入睡。

七　采：采摘。

八　琴瑟（sè）：古代乐器名。琴五弦或七弦，古瑟二十五弦。皆丝属。友：亲，爱，示之友好。

九　芼（mào）：择取。流、采、芼，均指采取，但动作有区别，有递进，兼表示感情和追求的程度。

十　钟鼓：乐器名。钟：金属。鼓：革属。乐：使之愉悦。

题 解

《诗序》说："《关雎》，后妃之德也。风之始也，所以风天下而正夫妇也，故用之乡人焉，用之邦国焉。……是以《关雎》乐得淑女以配君子，忧在进贤，不淫其色。哀窈窕，思贤才，而无伤善之心焉，是《关雎》之义也。"这是一首表现君子求偶不重美色，而重视女子贤德之诗，因为能够起到教化天下的表率作用，所以被广泛应用朝廷与乡间。

此诗虽为求女而作，但却"琴瑟友之""钟鼓乐之""发乎情，止乎礼义"，完美体现了周代以礼乐治天下的风俗教化观念。上博简《孔子诗论》曰"《关雎》以色喻于礼"，即是此意。朱熹说："为此诗者，得其性情之正，声气之和。"说的也正是这种中正平和之音。

全诗分五章，开篇以情意专一的雎鸠起兴，听到河中小洲的雎鸠和鸣，勾起了诗人追求淑女的心绪。后面几章描写君子的思恋以及与淑女欢聚的情景，当他求而不得时心里苦恼，以致辗转反侧难以入眠；得到"淑女"时则弹琴鼓瑟，以此取悦她。感情深厚，又表露得平和而有分寸。今人多以爱情诗理解此诗，认为《诗序》所言"后妃之德"为大谬之言，其实不然。此诗本与爱情相关，"君子"为周士大夫及天子之称，作者以"窈窕淑女，君子好逑"为核心，告知君子求偶，不求女子貌美，而求品德娴淑。周太师收集国风，目的在于"正得失"，"经夫妇，成孝敬，厚人伦，美教化，移风俗"。周天子是诗的第一读者，天子读诗，不是为了学习主人公之辗转反侧之思美女，而在于辗转反侧寻找娴淑女子，更要关心透过诗文本身所蕴含的中心意旨。帝王之侧的后妃德行，关乎家国存亡及天下风气，正如《史记·外戚世家》所言："自古受命帝王及继体守文之君，非独内德茂也，盖亦有外戚之助焉。"也正因此，《诗序》以为此诗体现后妃之德，而孔子编辑《诗经》，以《关雎》为"四始"之首，也是缘于"夫妇之际，人道之大伦"的考虑。此诗情感节制，体现了儒家"乐而不淫，哀而不伤"的中正的审美追求。

《关雎》的内容虽然简单，就写一个君子当结婚的年龄，辗转反侧，希望能娶一个娴淑的女子。君子不断访求，终于获得了淑女的允诺，鼓瑟吹笙，欢快地娶了回来。在西周时期，君子不仅仅体现在才德，同时也专指士以上的"劳心者"。按照《诗序》的意见，这里的君子是指天子和诸侯，"琴瑟友之""钟鼓乐之"，也可以说明这一点。这首诗与爱情相关，但更重要的是为了教导天子诸侯等贵族子弟要追求贤淑的妻子，而不能以美貌为取舍标准。

《关雎》一诗作为国风之始，不仅仅体现在内容的纯正性方面，给一切有关爱情和婚姻的诗歌提供了典范样本，同时，在写作手法上，也是把赋、比、兴三种写作手法都完整地运用在一首诗中，"关关雎鸠，在河之洲""参差荇菜，左右流之""参差荇菜，左右采之""参差荇菜，左右芼之"都是以"兴"的形式传达"比"的意义，通过雎鸠的关关叫声，采摘荇菜的活动，来比喻君子选择贤妻的过程。而"窈窕淑女，君子好逑"，"窈窕淑女，寤寐求之。求之不得，寤寐思服。悠哉悠哉，辗转反侧"，"窈窕淑女，琴瑟友之"，"窈窕淑女，钟鼓乐之"，则是用最直白朴素的语言，用"赋"的方法，告诉君子要选择窈窕淑女，追求不到夜不能寐，一旦找到了，就要热烈迎娶。语言简单直接，但恰到好处，不扭捏作态，不铺张浪费，音韵和谐，的确达到了孔子所说的"辞达而已矣"的目标。

葛覃

葛之覃兮，施于中谷，维叶萋萋； 一
黄鸟于飞，集于灌木，其鸣喈喈。 二

葛之覃兮，施于中谷，维叶莫莫； 三
是刈是濩，为絺为綌，服之无斁。 四

言告师氏，言告言归。 五
薄污我私，薄浣我衣。 六
害浣害否？归宁父母。 七

译文

葛藤枝儿长，蔓延入谷中，叶子盛又旺。
黄鸟翩翩飞，落在灌木上，鸣叫像歌唱。

葛藤枝儿长，蔓延入谷中，叶子密又旺。
割滕水中煮，细线织葛布，葛衣真舒服。

告诉我师姆，告假看父母。

轻轻揉内衣，再把外衣洗。

洗否分清楚，回家见父母。

注释

一　葛：多年生蔓草，俗名苎麻，纤维可织布。覃：延长，一说指葛藤。施（yì）：蔓延，同"移"。中谷：即谷中，山谷之中。维：句首语气词。萋萋（qī）：茂盛的样子。

二　黄鸟：黄鹂。喈喈（jiē）：黄鹂相和的叫声。

三　莫莫：植物茂盛的样子。

四　刈（yì）：刀割。濩（huò）：煮。绤（chī）：细葛布。绤（xì）：粗葛布。致（yì）：厌恶。

五　师氏：女师，指教导女子学习女红的人，也称师姆。告：告假。归：这里指回家探亲。

六　薄：语气助词，含稍稍的意思。污：用作动词，搓揉着去污。私：平日所穿的衣服，一说指贴身衣物。

七　浣：洗。衣：指见客时穿的礼服。害：同"曷"，何，哪些。归宁：古代称女子回娘家探亲叫作归宁。

题 解

《诗序》说："《葛覃》，后妃之本也。后妃在父母家，则志在于女功之事，躬俭节用，服浣濯之衣，尊敬师傅，则可以归安父母，化天下以妇道也。"认为这是一首赞扬后妃在母家学习勤俭持家之道，多学女红，出嫁后可以使父母安心之诗。

也有人主张这首诗有"归宁父母"一句，当以出嫁女子回家看望父母为宜。《孔子诗论》说："吾以《葛覃》得是初之诗，民性固然。见其美，必欲反其本。"其中"是初""反本"即指回家看望父母。鲁诗说："自大夫妻，虽无事，岁一归宁。"

朱熹说："此诗后妃所自作，故无赞美之词。然于此可以见其已贵而能勤，已富而能俭，已长而敬，不弛于师傅，已嫁而孝不衰于父母。是皆德之厚，而人所难也。"诗歌前两章向我们展现了一幅生机盎然的山谷春意图，山谷中葛藤蔓延，黄鸟在灌木丛中婉转鸣叫，女子在山谷中采葛，再进行煮制、纺制成各种布料。第三章，师氏教女子以德言容功，展示了周代妇女教育的一个方面。此诗当为民间采风，大师整理过程中以教化视角加入贵族生活因素。

此诗共三章，第一章以葛藤和黄鸟起兴。第二、第三章以赋的形式来叙事。此诗主要表达女子归宁之前的喜悦心情，一般的叙述方式是女子因为要归家而浣衣，因浣衣而想到绤、绤，因绤、绤进而想到收获之劳，因收获之劳而想到山谷中生长的葛藤，以及山谷间飞舞的黄鸟。此诗结构奇特，先以山谷间的葛和黄鸟起兴，营造出一种优美青葱的意境，然后才叙述归宁之事，这种逆叙的叙述手法被吴闿生赞为"文家用逆之至奇者也"。

卷耳

采采卷耳，不盈顷筐。[一]
嗟我怀人，寘彼周行。[二]

陟彼崔嵬，我马虺隤。[三]
我姑酌彼金罍，维以不永怀。[四]

陟彼高冈，我马玄黄。
我姑酌彼兕觥，维以不永伤！[五]

陟彼砠矣，我马瘏矣，
我仆痡矣，云何吁矣！[六]

译文

采采卷耳菜，不满一浅筐。
想念远行人，筐儿放路旁。

登上高山岗，我马腿发软。
暂且把酒斟金杯，希望思念不再长。

登上高山脊，马病毛黑黄。
且把犀角杯斟满，希望不忧伤。

登上石头山，我马已累瘫。
仆人病无力，忧思何时完。

注释

一　采采：采了又采，一说茂盛的样子。卷耳：植物名，今名苍
　　耳，嫩苗可食用，也可作药用。盈：满。顷筐：一种前低后
　　高的浅竹筐，如现今畚箕之类。

二　嗟：语气词。寘（zhì）：放置。周行：大道。一说周王朝的
　　军用公路，一说朝廷列位。

三　陟（zhì）：升，登。崔嵬（wéi）：山高不平貌。虺隤（huī
　　tuí）：疲极而病。

四　姑：姑且，只好。酌：斟酒。罍（léi）：酒器，其上刻有云雷
　　之象，以黄金饰之，形似酒罈，大肚小口。维：发语词。

五　冈：山脊。玄黄：马病毛色变黑黄。兕觥（sì gōng）：一说
　　野牛角做的酒杯，一说青铜器。

六　 岨（jū）：山中险阻之地。瘏（tú），痡（pū）：病。吁：一作
　　 "盱"，忧叹。

题 解

　　《诗序》说："《卷耳》，后妃之志也。又当辅佐君子，求贤
审官，知臣下之勤劳。内有进贤之志，而无险诐私谒之心，朝
夕思念，至于忧勤也。"这是一首女子思念远行亲人之诗，国史
认为可以用以晓喻后妃之志，求贤审官，辅佐君子。

　　本诗首章前两句，本是到郊外采集卷耳，半天却摘不满浅
浅的箩筐。后两句点明无心采耳菜的原因是思念远行的亲人。
后面三章从对方的角度着笔，想象亲人路途辛劳与思乡之忧。
陈子展《诗经直解》评价："想象所怀之行人，怀我远望，忧思
已极。作者之怀人更不自道一语，却远较自道者意味深长。于
此可悟怀人作诗之一法。"从对方着笔，手法之妙，给后世诗人
以极大的启发，如曹丕《燕歌行》"念君客游思断肠，慊慊思
归恋故乡，何为淹留寄他方？"杜甫《月夜》"今夜鄜州月，闺
中只独看。"设身为对方而表达忧思，情感更见曲折深沉。

　　《卷耳》采用了第一人称来叙述，但这首诗中的"我"所

指代之人是变化的。第一章的"我"指代的是思妇，第二、第三、第四章的"我"指代的是思妇想念之丈夫。思妇在郊外采卷耳菜时，心里惦念着自己远行的夫君，故神思散漫，无法集中精神劳作，便开始想象着夫君在远方跋山涉水却也同样思念自己的情景。正如后世李之仪所写"我住长江头，君住长江尾。日日思君不见君，共饮长江水。此水几时休？此恨何时已？只愿君心似我心，定不负相思意。"思念是可以遥相呼应的，思妇与行夫，虽然彼此所处空间不同，但却被同样的相思所牵引。

樛木

南有樛木，葛藟累之；^一
乐只君子，福履绥之。^二

南有樛木，葛藟荒之；^三
乐只君子，福履将之。^四

南有樛木，葛藟萦之；^五
乐只君子，福履成之。^六

译文

南方有樛树，野葛藤儿缠。
快乐真君子，福禄必大安。

南方有樛树，野葛藤覆盖。
快乐真君子，福禄必陪伴。

南方有樛树，野葛藤缠绕。
快乐真君子，福禄必大成。

注 释

一　樛（jiū）木：弯曲的树枝。葛藟（lěi）：葛蔓。累：缠绕。

二　乐只：乐哉，只为语助词。君子：指后妃。履：本义是鞋子，
　　福履的意思是福禄跟随着脚步，故履引申为福禄。绥：安宁。

三　荒：掩盖。

四　将：扶助，陪伴。

五　萦（yíng）：盘旋缠绕。

六　成：就也，完成。

题 解

　　《诗序》说："《樛木》，后妃逮下也。言能逮下而无嫉妒之
心焉。"这是一首赞扬后妃有贤德，不欺凌弱小，不嫉妒，因此
多福之诗。朱熹说："后妃能逮下，而无嫉妒之心。故众妾乐
其德，而称愿之曰：南有樛木，则葛藟累之也，乐只君子，则
福履绥之矣。"诗分三章，以葛藤缠绕的大树起兴，比喻贤德后
妃得到上天的福佑。三章之中只变换六个字，回环往复，情感
层次逐渐递进，福禄也由"绥之""将之"到"成之"，越来越
多。褚斌杰《诗经全注》说："上述由绥而将，由将而成，表示
福祉日进，越来越福气大。"上博简《孔子诗论》说："《樛木》

南有樛木，葛藟累之；
乐只君子，福履绥之。

之时，则以其禄也。"即指此而言。

　　此诗文本身洋溢着满满的祝福之意。因而有人说这是一首祝贺新郎的诗。全诗主要通过葛藟攀附、缠绕樛木来表达一种愉悦的心情。这不由令我们想起舒婷的《致橡树》，木植之间的相互纠缠，本就与夫妻之道相近，而夫妻之道又与君臣之意相通。诗人以夫妻之情喻君臣之义，妻贤则夫安，同理，臣贤则君安。

螽斯

螽斯羽，诜诜兮！ ^一
宜尔子孙，振振兮！ ^二

螽斯羽，薨薨兮！ ^三
宜尔子孙，绳绳兮！ ^四

螽斯羽，揖揖兮！ ^五
宜尔子孙，蛰蛰兮！ ^六

译文

螽斯振翅飞，齐聚声诜诜。
多子又多孙，有为子孙聚一堂。

螽斯振翅飞，齐聚声薨薨。
多子又多孙，连绵不断绝。

螽斯振翅飞，齐聚声揖揖。
多子又多孙，安静和睦在一堂。

注 释

一　螽（zhōng）斯：蚣蝑。一种蝗类昆虫。此类昆虫产卵多，繁
　　殖力强，长而青，长角长股，能以股相切作声。一生九十九
　　子。羽：螽斯的翅膀。诜诜（shēn）：众多群集的样子。

二　宜：多。适合。振振：振奋有为的样子，指众多子孙皆有
　　出息。

三　薨薨：虫群飞时发出的声音。

四　绳绳：绵延不绝的样子。

五　揖揖（jí）：群聚的样子。

六　蛰蛰（zhé）：安静的样子。

题 解

　　《诗序》说："《螽斯》，后妃子孙众多也。言若螽斯不妒
忌，则子孙众多也。"这是一首祝贺贵族多子多孙之诗，国史将
其与后妃相联系，希望后妃能够修德正己，多子多孙。

　　诗以螽斯作比起兴，朱熹说"比者，以彼物比此物也"，
即用螽斯的多子比喻人的多子，表达了对人丁兴旺、家族和顺
的美好祝愿。值得注意的是，诗中除了希望子孙能够"绳绳
兮"之外，还希望子孙能够"振振兮""蛰蛰兮"，也就是能够

螽斯羽，诜诜兮！
宜尔子孙，振振兮！

有所作为，各得其宜，充实了诗的内容。

　　褚斌杰《诗经全注》说："这是一首祝愿多子多孙、后代昌盛之诗，全篇用比体，是我国早期咏物诗之一。"认为全诗都是在描写赞美螽斯，以比喻人的多子多孙。总体来看，本诗语言古朴、音韵和谐，确实能够表达对多子多福君子的赞美。

桃夭

桃之夭夭，灼灼其华。^一
之子于归，宜其室家。^二

桃之夭夭，有蕡其实。^三
之子于归，宜其家室。^四

桃之夭夭，其叶蓁蓁。^五
之子于归，宜其家人。^六

译文

桃树含苞放，红霞灿灿花。
姑娘要出嫁，适合新室家。

桃树含苞放，桃子肥又大。
姑娘要出嫁，适合新家室。

桃树含苞放，枝叶永不凋。
姑娘要出嫁，适合新人家。

注释

一　夭夭：少壮茂盛的样子。灼灼（zhuó）：桃花鲜艳盛开的样子。

二　之子：这位姑娘。于：往。归：归于夫家，即出嫁。宜：适宜。室家：指配偶。

三　有蕡（fén）：即蕡蕡，果实肥大的样子。有：用于形容词之前的语助词，和叠词作用相似。实：果实，指桃子。

四　家室：即室家。

五　蓁蓁（zhēn）：叶子茂盛的样子。

六　家人：家族之人。

题解

　　这是一首赞扬后妃品行高尚，以德化天下，因而民间婚姻得时之诗。《诗序》说："《桃夭》，后妃之所致也。不妒忌，则男女以正，婚姻以时，国无鳏民也。"

　　此诗《诗序》认为是用以赞美后妃之德，朱熹则认为是赞美文王之德："文王之化，自家而国，男女以正，婚姻以时，故诗人因所见以起兴，而叹其女子之贤，知其必有以宜其室家也。"两者虽有矛盾，但大体意思则相同，即都认为赞美了在上

桃之夭夭，灼灼其华。
之子于归，宜其室家。

者能以德化天下的美好品格。而这能够风化天下的在上者，无疑即是君主与后妃。

本诗分三章，各章均以"夭夭"的桃树起兴，从桃花到桃实，再到桃叶，回环往复，三次变换比兴，喻女子正当华年。姑娘今朝出嫁，她不仅拥有明艳如桃花的美好外貌，更有"宜室""宜家"的善德。全诗勾勒出男婚女嫁的兴旺景象，洋溢着欢快和乐的气氛。

姚际恒《诗经通论》说："桃花色最艳，故以取喻女子，开千古词赋咏美人之祖。""桃之夭夭，灼灼其华""桃之夭夭，有蕡其实""桃之夭夭，其叶蓁蓁"虽然是用"兴"的方法写来，但同时也是"兴"中有"比"，用桃花的美艳来比喻女子的美丽华贵。用桃树果实的硕大结实象征新娘的美德和未来的幸福生活，必然子孙满堂，硕果累累。用桃叶的茂盛祝福家庭的兴旺发达。桃树先开花，后结果，再长叶，作者也是按照这个顺序来起兴，作者把桃树的成长细节和一个家庭的组建从娶妻到生子再到兴旺发达的过程环环相切，诗意渐次深入，自然融为一体。后代以桃花比喻女子的诗句络绎不绝，都是从这首诗中得到的启示。

芣苢

采采芣苢，薄言采之；^一
采采芣苢，薄言有之。^二

采采芣苢，薄言掇之；^三
采采芣苢，薄言捋之。^四

采采芣苢，薄言袺之；^五
采采芣苢，薄言襭之。^六

译文

芣苢繁茂又鲜艳，急忙采到手里来；
芣苢繁茂又鲜艳，采到手里放起来。

芣苢繁茂又鲜艳，落地芣苢捡起来；
芣苢繁茂又鲜艳，未落芣苢捋下来。

芣苢繁茂又鲜艳，手捏衣襟盛起来；
芣苢繁茂又鲜艳，束起衣襟兜起来。

注释

一　采采：指花色鲜明。芣苢（fú yǐ）：野草名，即车前子，可入药，因其"好生道旁"而又得名"当道"。古人以为可治不孕和难产。薄：发语词，亦有勉力之意。言：语助词。褚斌杰《诗经全注》说："薄言二字连用，有急忙、赶快的意思。"采：采集。

二　有：取得。

三　掇：拾的意思，指将已落在地上的芣苢子拾起来。

四　捋：指将未落的芣苢子捋取下来。

五　袺（jié）：用手捏着衣襟盛东西。

六　襭（xié）：指把衣襟束到腰间，以盛更多东西。

题解

此诗描绘了妇人和乐的劳动场面，采桑妇人结束了一天的劳动，呼唤同伴回家，呈现出三三两两一路欢歌的场景。《诗序》说："后妃之美也。和平则妇人乐有子矣。"此诗描绘的是采桑妇人的劳动场景及其和乐之情，国史用以赞美妇人有子。

同为采集野草，《卷耳》篇中的思妇因忧思而勤采，故越

采采芣苢，薄言袺之；
采采芣苢，薄言襭之。

采越忧，以致"不盈顷筐"，言忧之极；《芣苢》篇中的妇女因"乐有子"，和乐之中有一点点急迫的喜悦。开始采集继而有之，还要将地上的拾起来，漏掉的捋下来，手提着衣襟不够盛，索性将衣襟束起以便盛得更多，劳动的欢快之情跃然纸上。

此诗情节简单却极具画面感，简洁的文字却为我们展现了劳动的全过程，在劳动的过程中，采芣苢之人的心理也发生了变化，随着劳动的高涨而愈加快乐。全诗分为三章，但每章字句只有动词发生了变化，"采""掇""捋""袺""襭"，体现出诗篇重章复沓的结构。

通篇读来，朗朗上口，流利婉转，更体现出民间诗歌朴拙生动的韵味。方玉润《诗经原始》说："读者试平心静气，涵咏此诗，恍听田家妇女，三三五五，于平原绣野、风和日丽中，群歌互答，余音袅袅，若远若近，忽断忽续，不知其情之何以移，而神之何以旷，则此诗不必细绎而自得其妙焉。……今南方妇女，登山采茶，结伴讴歌，犹有此遗风焉。"

汉广

南有乔木，不可休思。
汉有游女，不可求思。一
汉之广矣，不可泳思！
江之永矣，不可方思！二

翘翘错薪，言刈其楚。三
之子于归，言秣其马。四
汉之广矣，不可泳思！
江之永矣，不可方思！

翘翘错薪，言刈其蒌，五
之子于归，言秣其驹。
汉之广矣，不可泳思！
江之永矣，不可方思！

译文

南方有大树，不可以歇息。
汉水有游女，不可以追求。

汉水宽又广，不可以泅渡。

长江水流急又长，小小竹排空望洋。

杂乱柴草高又高，砍柴还得割荆条。

姑娘如果要出嫁，我去把马喂喂饱。

汉水浩淼宽又广，泅渡不得心彷徨。

长江水流急又长，小小竹排空望洋。

杂乱柴草高又高，砍柴还得割萎蒿。

这个女子要出嫁，我把骏马喂喂饱。

汉水浩淼宽又广，泅渡不得心彷徨。

长江水流急又长，小小竹排空望洋。

注释

一　汉：汉水，源出陕西省西南宁羌县，东流至湖北省武汉市汉
　　阳入长江。游女：潜行水中的女子，此指歌者所倾慕的女子。
　　鲁、韩二家诗认为游女指汉水的女神。

二　江：长江。永：长。方：筏子，这里作动词，指用筏子渡江。

三　翘翘：高高的样子。错薪：杂乱的柴草。刈（yì）：割。楚：
　　植物名，荆条。

四　于归：女子出嫁。秣：喂牲口。

五　蒌：植物名，蒌蒿。生在水中的草，叶像艾，青白色。

题解

　　此诗主要表达了对游女的仰慕之情，是一首缠绵悱恻的情
诗。《诗序》说："《汉广》，德广所及也。文王之道被于南国，
美化行乎江、汉之域，无思犯礼，求而不可得也。"此为赞美汉
江流域男子仰慕游女而不越礼之诗，同时也赞颂了文王之道的
广大。上博简《孔子诗论》说"《汉广》之智"，即指此不越礼
而言。

　　首章八句，四曰"不可"，表现出男子爱慕女子，却只能
隔水相望意中人的失望与落寞。后两章描绘了男子想象中的美
好愿望：姑娘如若要嫁我，接她把马喂喂饱。把男子对游女的
痴情表达得淋漓尽致。此诗以乔木起兴，江水滔滔比喻男子永
不枯竭的深情，这种以江水表深情的范式深深影响了后世文学
创作。鱼玄机曾说："忆君心似西江水，日夜东流无歇时。"该

诗在艺术形式上回环往复，一唱三叹，表现了对心中女子求而不得的惆怅。姚际恒《诗经通论》说："三章段尾一字不换，此方谓之一唱三叹。"王先谦曰："二章三章重举江汉以深致其赞美，长言之不足又咏叹之。"

召南

  《召南》是《国风》的第二部分，是召公从南方采回来的诗歌，所以称为《召南》，共十四首诗。《诗序》说："《周南》《召南》，正始之道，王化之基。"《召南》同《周南》一样，属于正风，体现了周代的德治成果，有风化天下的作用。召公与周公以河南陕县为界，分陕而治，召公管理陕西，有政绩，影响深远。

鹊巢

维鹊有巢，维鸠居之。^一
之子于归，百两御之。^二

维鹊有巢，维鸠方之。^三
之子于归，百两将之。^四

维鹊有巢，维鸠盈之。^五
之子于归，百两成之。^六

译文

喜鹊搭树窝，鸤鸠要来住。
姑娘要出嫁，百辆车来迎。

喜鹊搭树窝，鸤鸠住此家。
姑娘要出嫁，百辆车送亲。

喜鹊搭树窝，鸤鸠住满它。
姑娘要出嫁，百辆车成婚。

注 释

一　鹊：喜鹊。鸠：鸟名。

二　百两：即百辆，形容车辆多。御：迎。

三　方：占有。一说本指两船相并，此指同居一处。

四　将：送。

五　盈：满。暗寓将有很多子女。

六　成：婚礼完成。

题 解

　　《诗序》说："鹊巢，夫人之德也。国君积行累功，以致爵位，夫人起家而居有之，德如鸤鸠，乃可以配焉。"此为赞美召公与夫人堪为良配之诗，诗篇以盛大的礼仪赞美了"合二姓之好"的神圣意义。贵族妇人出嫁，国史以为这样的场面与地位应有德行与之相配。上博简《孔子诗论》曰"《鹊巢》之归"，所赞叹的正是此次婚礼的隆重与美正。陈子展《诗经直解》说："《鹊巢》，言国君夫人婚礼之时。《诗序》说此诗义不为误。"褚斌杰《诗经全注》说："这诗写贵族之家嫁女时的迎送场面，表现婚礼仪式的盛大、隆重。"三章章法相似，旋律欢快。

　　在先秦时期，婚姻主要用来"合二姓之好"，意义神圣。

维鹊有巢，维鸠居之。
之子于归，百两御之。

朱熹说："南国诸侯被文王之化，能正心修身以齐其家；其女子亦被后妃之化，而有专静纯一之德。故嫁于诸侯，而其家人美之曰：维鹊有巢，而鸠来居之。是以之子于归，而百辆迎之也。此诗之意，犹《周南》之有《关雎》也。"全诗以鹊巢起兴，鸠占鹊巢，寓意和谐。

采蘩

于以采蘩？于沼于沚。 一
于以用之，公侯之事。 二

于以采蘩？于涧之中， 三
于以用之？公侯之宫。 四

被之僮僮，夙夜在公。 五
被之祁祁，薄言还归。 六

译文

哪里采白蒿？水池水塘旁。
采来有何用？公侯祭祀用。

哪里采白蒿？水流山谷中。
采来何处用？宗庙祭祀用。

发髻高高耸，日夜无闲空。
发髻蓬松松，马上回家去。

注 释

一　于以：在哪里。蘩（fán）：白蒿也。沼：水池。沚：小水塘。

二　事：指祭祀之事。

三　涧：山谷中的水流。

四　宫：宗庙。一说为蚕室。

五　被（pí）："髲"之借字，古代妇女的发饰。僮僮（tóng）：形容妇人假髻高耸的样子。夙：早上。公：指公桑，即君王的桑田。

六　祁祁（qí）：众多的样子，一说舒迟的样子。薄言：急忙。一说薄为发语词，有姑且、聊且之意。言，意为我、我们。还：同"旋"，还归即回去。

题 解

《诗序》说："《采蘩》，夫人不失职也，夫人可以奉祭祀，则不失职矣。"此诗描述了贵族妇女采蘩用于祭祀的情形，赞美了贵族夫人能够以诚敬之心对待祭祀。前两章采用了一问一答的形式，写出采蘩的地点和目的。第三章描写采蘩者的头发，用早"僮僮"，晚"祁祁"的反差表现出采蘩妇女的忙碌状态，音乐和谐，朗朗上口。言语虽简洁，人物的仪态神情却

被之僮僮，夙夜在公。
被之祁祁，薄言还归。

跃然纸上。

朱熹说："南国被文王之化，诸侯夫人，能尽诚敬，以奉祭祀。而其家人叙其事，以美之也。或曰蘩所以生蚕，盖古者后夫人，有亲蚕之礼，此诗亦犹《周南》之有《葛覃》也。"

草虫

喓喓草虫，趯趯阜螽；^一
未见君子，忧心忡忡；^二
亦既见止，亦既觏止，我心则降。^三

陟彼南山，言采其蕨；^四
未见君子，忧心惙惙；^五
亦既见止，亦既觏止，我心则说。^六

陟彼南山，言采其薇；^七
未见君子，我心伤悲；
亦既见止，亦既觏止，我心则夷。^八

译文

草虫喓喓叫，蚱蜢蹦蹦跳；
不见心上人，忧思费心神；
我们已相见，我们已相欢，我心已平静。

登到南山上，要把蕨菜采；

不见心上人，忧思心发慌；

我们已相见，我们已相欢，欢心又舒畅。

登到南山上，要把薇菜采；

不见心上人，忧思心悲伤；

我们已相见，我们已相欢，静心又安详。

注释

一　喓喓（yāo）：虫叫声。草虫：一种虫子，蝗属，叫声奇特，青
　　色。趯趯（tì）：跳跃的样子。阜螽（zhōng）：虫名，即蚱蜢。

二　忡忡（chōng）：心神不安的样子。

三　亦：发语词，无意义。止：语助词，相当于之。指代君子。
　　觏（gòu）：夫妇会和之意。降：放下，平静。

四　陟（zhì）：登。蕨（jué）：蕨菜，一种野菜。

五　惙惙（chuò）：忧心气短的样子。

六　说：同"悦"，高兴。

七　薇：一种野菜。

八　夷：平静。

喓喓草虫，趯趯阜螽；

未见君子，忧心忡忡；

亦既见止，亦既觏止，我心则降。

题 解

《诗序》说：“《草虫》，大夫妻能以礼自防也。”这是一首妇女思念丈夫之诗，国史以为可用以体现守礼之义。诗歌表达的是一女子对久役在外的丈夫的思念之情，其表现手法与《卷耳》相似。

本诗主要采用了“兴”的艺术手法，以秋日草虫起兴。秋季万物萧索，本就易生愁绪，而草虫的鸣叫、蚱蜢的跳跃，更是扰乱了女子的心情，令她想起自己的丈夫。她想象着等春天来临的时候，去郊外山上采摘山菜，或许她希望通过劳动来消解自己的思情。可一朝情动，怎可轻易寂灭。即使身体在机械地劳作，但心神却不知飘向了何方？在她想象的世界里，丈夫已归来，她们欣喜相见，愉悦合欢，她落寞的忧伤被心底的喜悦所取代。

此诗分为三章，女子的心情是随着情景的变化而不断变化的。“未见君子”是“忧心忡忡”“忧心惙惙”“我心伤悲”，想象见到君子之后则是“我心则降”“我心则说”“我心则夷”，思念之深，感人肺腑。另外，此诗是以独白式的抒情口吻抒发内心感受的，这种范式对后世思妇诗产生了极深的影响，比如古诗十九首中的《明月何皎皎》。

甘棠

蔽芾甘棠，勿翦勿伐，召伯所茇。^一
蔽芾甘棠，勿翦勿败，召伯所憩。^二
蔽芾甘棠，勿翦勿拜，召伯所说。^三

译文

棠梨枝叶茂，莫要剪与伐，召伯住此处。
棠梨枝叶茂，莫要剪与毁，召伯息此处。
棠梨枝叶茂，莫要剪与折，召伯喜此处。

注释

一 蔽芾（fèi）：指树叶多而密，浓荫覆盖的样子。甘棠：即杜
梨，又名棠梨。因为它枝干高大，古代常植于社前，所以称
为社木。传说召伯勤政爱民，有政绩，曾南巡至封地召南时，
在甘棠树下听讼断狱，受到召南人民的爱戴。翦：同剪。伐：
砍伐。召（shào）伯：姬姓，名奭（shì）。封在"召"的地
方，伯爵。茇（bá）：茅屋，草舍。这里名词作动词用，是
以树荫为临时之舍的意思。

二　败：摧折毁坏。憩（qì）：休息。

三　拜：压弯枝条。说：悦。一说通"税"（shuì），停留。

题　解

《诗序》说："《甘棠》，美召伯也。召伯之教，明于南国。"这首诗的诗旨很清晰，是后人赞扬和怀念召伯巡行教化百姓之诗。召公伯，姓姬名奭，周文王之子，周武王、周公旦之同父异母弟，周成王时，召公任太保，与周公旦分陕而治，"自陕以西，召公主之；自陕以东，周公主之"。他支持周公旦摄政当国，是周朝三公（太师、太傅、太保）之一，也是文、武、成、康四朝元老，曾同周公旦一起平定武庚之乱，"成康之治"的形成也有他的功劳。

此诗是赞美和怀念召伯的。召伯常巡行乡邑，曾在甘棠树下决狱治事。在他的治理下，官员恪尽职守，各得其所。人们受其庇护，对他充满了怀念与敬意。上博简《孔子诗论》曰"吾以《甘棠》得宗庙之敬，民性固然。甚贵其人，必敬其位。悦其人，必好其所为，恶其人者亦然。"指出了这首诗创作的深刻的动机所在。

蔽芾甘棠，勿翦勿伐，召伯所茇。

此诗特别之处是各章中人们对甘棠树的爱惜之情依次递进。方玉润《诗经原始》说："他诗炼字一层深一层，此诗一层轻一层，以轻而愈见珍重耳。"

行露

厌浥行露。^一
岂不夙夜？谓行多露。^二

谁谓雀无角，何以穿我屋？^三
谁谓女无家，何以速我狱？^四
虽速我狱，室家不足！^五

谁谓鼠无牙，何以穿我墉？^六
谁谓女无家，何以速我讼？^七
虽速我讼，亦不女从！^八

译文

道上露水湿又重。
岂有不愿早赶路，无奈露多令人怵。

谁说麻雀没有嘴，怎会啄穿我家屋？
谁人说你没成家，凭啥逼我坐牢房？
即便让我进牢房，也绝不会成一家。

谁说老鼠没牙齿，怎会打通我家墙？

谁人说你没成家，凭啥逼我上公堂？

即便逼我上公堂，也不嫁你黑心狼。

注释

一　厌浥（yì）：湿漉漉的样子。厌：湇之假借，韩诗作"湇"。
行（háng）：道路。

二　岂不夙夜：早起赶路。夙夜：早夜，天色将明未明时分。谓：
同"畏"，害怕，畏惧。"谓"为"畏"之假借。

三　角：鸟雀的嘴。穿：穿过。

四　女：通"汝"，你。韩诗作"尔"。无家：没有妻室。速：招
致。狱：获狱。指陷害入狱。

五　室家不足：不足室家，指拒绝对方成婚的要求。

六　墉（yōng）：墙。

七　讼：纷争，指诉讼，打官司。

八　从：顺从，屈从。女从：不女从，即"不从女"的倒文，指
决不屈服顺从于你。

厌浥行露。

岂不夙夜？谓行多露。

题 解

《诗序》说："《行露》，召伯听讼也。衰乱之俗微，贞信之教兴，强暴之男不能侵陵贞女也。"这是一首体现贞烈女子反对强暴强娶之诗，赞美了召伯的政治教化。朱熹说："南国之人遵召伯之教，服文王之化，有以革其前日淫乱之俗。故女子有能以礼自守，而不为强暴所污者，自述己志，作此诗以绝其人。"又陈子展《诗经直解》说："《行露》，为一女子拒绝与一已有家室之男子重婚而作。"

全诗共三章，全用女子反诘的口吻来质问对方，感情层层递进，越来越激烈，表现出女子难以掩饰的愤怒。这种反诘口吻的创作方法影响了后世的诗歌创作，汉乐府中就有类似的乐府诗《上邪》："上邪，我欲与君相知，长命无绝衰。山无陵，江水为竭。冬雷震震，夏雨雪。天地合，乃敢与君绝。"敦煌曲子词有《菩萨蛮》："枕前发尽千般愿，要休且待青山烂。水面上秤锤浮，直待黄河彻底枯。白日参辰现，北斗回南面，休即未能休，且待三更见日头。"可以与此诗和看。

殷其雷

殷其雷，在南山之阳；^一
何斯违斯？莫敢或遑；^二
振振君子，归哉归哉！^三

殷其雷，在南山之侧；
何斯违斯？莫敢遑息；^四
振振君子，归哉归哉！

殷其雷，在南山之下；
何斯违斯？莫或遑处；^五
振振君子，归哉归哉！

译文

雷声殷殷，在南山之南；
为何此时离开？不敢有空闲；
勤奋的君子，回去吧回去吧！

雷声殷殷，在南山之侧；

为何此时离开？不敢喘息停顿；

勤奋的君子，回去吧回去吧！

雷声殷殷，在南山之下；

为何此时离开？不敢居住在家；

勤奋的君子，回去吧回去吧！

注 释

一　殷：雷声。其：语助词。阳：山的南面。

二　斯：此。前者指此君子，后者指此地。违：去，离开。或：

　　有。遑：闲暇。

三　振振：信厚，一说振奋有为。

四　侧：与阳相对，指山的北面、东面、西面。息：止，休息。

五　处：居，停留。

题 解

　　《诗序》说："《殷其雷》，劝以义也。召南之大夫远行从

殷其雷，在南山之阳；
何斯违斯？莫敢或遑；
振振君子，归哉归哉！

政，不遑宁处。其室家能闵其勤劳，劝以义也。"本诗是女子思念远役家人，劝勉其在外尽君臣之义，勉力于王事之诗。

　　此诗以雷声起兴，在夫妻离别之际，雷从山南到山侧在到山下，由远及近，表现出诗人面对紧迫分离，无奈焦灼的心情。朱熹将女子思念丈夫与劝勉之义相结合，说："南国被文王之化，妇人以其君子从役在外而思念之，故作此诗。言殷殷然雷声，则在南山之阳矣。何此君子独去此，而不敢少暇乎。于是又美其德，且冀其早毕事而还归也。"虽然此诗亦是思妇之诗，但与《诗经》中其他篇章不同，少了惆怅缠绵之情，却有果敢明快之意。诗歌语言质朴、情感真挚，对后世影响颇深，晋代傅玄有《杂言诗》："雷隐隐，感妾心，倾耳清听非车音。"

摽有梅

摽有梅，其实七兮；^一
求我庶士，迨其吉兮。^二

摽有梅，其实三兮；^三
求我庶士，迨其今兮。^四

摽有梅，顷筐墍之；^五
求我庶士，迨其谓之。^六

译文

梅子落了地，果实十有七；
想要追求我，吉日莫错过。

梅子落了地，果实十有三；
想要追求我，今日好日期。

梅子落了地，提着筐儿拾；
想要追求我，开口莫迟疑。

注 释

一 摽（biào）：坠落。有：助词。梅：梅树。七：七成，表示多数。

二 迨（dài）：趁着。吉：吉日，即好日子。

三 三：三成，表示少数。

四 今：今天，现在。

五 顷筐：簸箕之类的竹筐。塈（jì）：取。

六 谓之：说。

题 解

　　《诗序》说："《摽有梅》，男女及时也。召南之国，被文王之化，男女得以及时也。"此诗表达的是女子对爱情与婚姻的期盼之情。诗歌以树上梅子落地起兴，联想到青春将逝，红颜易老，因而盼望追求自己的男子早点求婚。朱熹将其与文王之化相联系，曰："南国被文王之化，女子知以贞信自守，惧其嫁不及时，而有强暴之辱也。故言梅落而在树者少，以见时过而太晚矣。求我之众士，其必有及此吉日而来者乎。"褚斌杰《诗经全注》说："诗中以梅实越落越少，比喻青春易逝，希望对方能及时而来。"

摽有梅，其实七兮；

求我庶士，迨其吉兮。

此诗与《桃夭》都是讲述女子婚嫁的诗篇,《桃夭》表现出的是妙龄女子出嫁时的欢快心情,此诗表现出的却是女子待嫁时的焦灼情绪,全诗共三章,女子的急迫心情也呈现出层层递进的趋势。

江有汜

江有汜，之子归，不我以。^一
不我以，其后也悔。^二

江有渚，之子归，不我与。^三
不我与，其后也处。^四

江有沱，之子归，不我过。^五
不我过，其啸也歌。^六

译文

江水分流复汇合，这个姑娘要嫁人，嫡妻出嫁不用我。
现在你既不用我，将来必定会后悔。

大江之中有小洲，这个姑娘出嫁走，嫡妻出嫁不带我。
现在你既不带我，将来必定受惩罚。

江水滔滔有支流，这个姑娘要出嫁，嫡妻出嫁不理我。
现在既然不理我，将来悔时哭当歌。

注 释

一　汜（sì）：江河支流。之子：指嫡妻。归：嫁人。以：用。"不我以"即"不以我"，不用我。

二　悔：悔恨。

三　与：相好。渚：水中陆地。

四　处：停止，不能前进。指犯错误，受惩罚。

五　沱（tuó）：江水支流。沱江出枝江县西，东入江。

六　啸：长啸。蹙口而出声。

题 解

　　《诗序》说："《江有汜》，美媵也。勤而无怨，嫡能悔过也。文王之时，江沱之间，有嫡不以其媵备数，媵遇劳而无怨，嫡亦自悔也。"此是说嫡妻出嫁，开始没有携媵而行，而媵毫无怨恨，后来嫡妻改过，表达了对媵妾的赞美。

　　此诗主要表达了对媵妾的赞美之情，并间接体现了文王之化与后妃之德。诗歌共三章，每章开头分别以"江有汜""江有渚""江有沱"起兴，以喻主流与支流尚得并流，"之子"以嫡妻的身份出嫁，怎么可以不让我与你一起同行，也暗含着嫡妻终将"其后也悔"。同时由"其后也悔"到"其后也处"再到

江有渚，之子归，不我与。

不我与，其后也处。

"其啸也歌"，也可以看出媵妾对自己的自信之情，她觉得嫡妻终将是要悔过并且来迎接我的。诗歌语言简洁、句式参差，体现了浅近自然、臻于化工的艺术特点。特别是每章中都重复使用了"不我以""不我与""不我过"，转换巧妙，过渡自然，意味隽永。

野有死麕

野有死麕，白茅包之；^一
有女怀春，吉士诱之。^二

林有朴樕，野有死鹿；^三
白茅纯束，有女如玉。^四

舒而脱脱兮，无感我帨兮，无使尨也吠。^五

译文

打死小獐撂荒郊，洁白茅草密密包；
年轻少女心儿动，美士上前把话挑。

大树林里有小树，荒郊地里拾死鹿；
白茅捆扎密密包，年轻姑娘美如玉。

慢慢来呀悄悄行，别动佩巾别鲁莽，别惹狗儿汪汪叫。

注 释

一　麕（jūn）：野兽名，俗名獐子。白茅：草名，春夏开白花。包：包裹。

二　怀春：思春，指情欲萌动，怀求偶之思。吉士：男子的美称。诱：引诱。

三　朴樕（sù）：小树，即槲樕，与栎树相类，有两种，小者丛生，大者高丈余。

四　纯束：捆扎。如玉：如美玉。

五　舒：慢慢地。一说为语助词。脱脱（duì，一说读为tuì）：舒缓的样子。感：触动。一说同"撼"，摇也。帨（shuì）：佩巾。尨（máng）：狗。一说为长毛狗。

题 解

《诗序》说："野有死麕，恶无礼也。天下大乱，强暴相陵，遂成淫风。被文王之化，虽当乱世，犹恶无礼也。"此诗赞美了女子因文王之化，在乱世中能够不为诱惑所动、贞静守礼的行为。

此诗用简洁的语言为我们描述了一个发生在郊外的爱情故事。诗中"吉士"是对男子的美称，男子在郊外狩猎，遇到了

林有朴樕，野有死鹿；
白茅纯束，有女如玉。

一位美丽的少女，便把自己猎到的猎物送给少女示爱。但他向心仪的女子赠送猎物时，需要按照礼法用白茅认真包好。《周易》说"藉用白茅，无咎"，指的是白茅洁净柔顺，可用作祭祀时放置祭器的草垫，体现了祭祀者的诚敬之心。此处则体现了文王之化下女子矜持守礼的美好品质。最后，少女被男子的行为所打动，羞涩地接受了男子的爱意。其中最后三句"舒而脱脱兮，无感我帨兮，无使尨也吠"的描写将小儿女的心理刻画得细致入微，简洁自然而又形象生动。

邶风

　　《邶风》是指邶地的诗歌，共 19 首。周武王灭商，封纣的儿子武庚禄父于今河南淇县西北纣古都附近，以古商都之北，即在今河南汤阴县东南建邶；在故商都之南，即今河南汲县东北建鄘，在故商都之东，即今河南淇县附近建卫，并派他的三个弟弟管叔、蔡叔、霍叔分别守卫三个地方，以监督武庚，号为"三监"。武王死后，周公旦摄政，管叔等恐周公将不利于成王，与武庚及蔡叔、霍叔叛乱，周公平叛后，合并三地为卫，连同原殷民一起封给康叔，建都殷墟，在今河南淇县。

柏舟

汎彼柏舟，亦汎其流。 一
耿耿不寐，如有隐忧。 二
微我无酒，以敖以游。 三

我心匪鉴，不可以茹。 四
亦有兄弟，不可以据。 五
薄言往愬，逢彼之怒。 六

我心匪石，不可转也。
我心匪席，不可卷也。 七
威仪棣棣，不可选也。 八

忧心悄悄，愠于群小。 九
觏闵既多，受侮不少。 十
静言思之，寤辟有摽。 十一

日居月诸，胡迭而微？ 十二
心之忧矣，如匪浣衣。 十三
静言思之，不能奋飞。 十四

译文

柏木小船荡，船下水波流。
烦恼难入睡，忧愁积心头。
不是没有酒，到处可遨游。

我心非明镜，不能都容纳。
虽有亲兄弟，怎奈难依凭。
前去诉苦辛，竟逢坏心情。

我心不是石，不能任人移。
我心不是席，不可随意卷。
仪容娴淑静，不可任人欺。

愁思心头绕，群小都怨我。
灾难已很多，受辱也不少。
审慎仔细想，捶胸自伤心。

太阳啊月亮，为啥没光芒？
烦恼在心头，好比衣未洗。
审慎仔细想，恨不高飞翔。

注释

一 汎（fàn）：漂浮的样子。柏舟：柏木做的船。

二 耿耿：烦恼不安的样子。隐忧：痛。一说隐为隐藏，隐忧即难言之痛。

三 微：非。敖、游：敖同"遨"，遨、游同义，意为遨游放松。此章旨在起兴，以河中载酒泛舟，不知所往，暗喻自己的处境与遭遇。

四 鉴：镜子。茹：容纳。

五 据：依靠。

六 薄言：语助词。有人认为此处含有勉强的意思。愬（sù）：同诉，告诉。逢：遭到。彼：指兄弟。

七 转：转动。卷：卷起。此句指心志坚贞。

八 威仪：指举止仪态。棣棣（dì）：娴雅富丽的样子。选：退让。一说指抛弃，一说指选择。

九 悄悄：忧愁的样子。愠：怒。群小：众小人，家族中心术不正的人。

十 觏（gòu）：同遘，遭遇。闵：痛心，忧患。

十一 寤：醒时。辟：拊心，意为以手拍胸。辟，韩诗作"擗"。摽（biào）：拊心的样子。一说形容拍打的声音。

十二 居、诸：语助词。迭：更迭。微：光芒微弱。

十三　浣（huàn）：洗。

十四　不能奋飞：指不能如鸟奋翼而飞去，飞出牢笼，获得自由。

题 解

　　《诗序》说："《柏舟》，言仁而不遇也。卫顷公之时，仁人不遇，小人在侧。"这是一首讽刺小人在侧，仁人忧愁悲愤之诗。据《诗序》，此诗写仁者不遇明君，而遭小人侵害，孤立无援的痛苦挣扎，反映了社会黑暗、小人当道的现实。表达了仁人志士由于遭遇小人陷害而忧心忡忡。全诗共五章，第一章表达内心的不安与隐忧，第二章写兄弟不可依靠，第三章强调自己决不妥协的决心，第四、第五章以顿足捶胸的姿态表达了作者的悲愤与无奈。诗歌语言生动传神，其中"我心匪石，不可转也。我心匪席，不可卷也"形象地表达了诗人的忧心忡忡。

　　另有学者认为，全诗叙述采用的是女子口吻，所以此诗更像是女子自伤不得于夫，见侮于众妾之诗。诗中表达了女子悲愤委屈，又无可奈何的心情。全诗共五章，首章以柏舟起兴，以飘荡无依的柏舟，比喻自己无人可依的境遇，同

汎彼柏舟，亦汎其流。
耿耿不寐，如有隐忧。
微我无酒，以敖以游。

时表述自己深夜难寐，辗转反侧的忧愁。后面四章都是在表述作者的心情，满腹的心事无人诉说，即使心中万分愁苦却不改初心，不能任人欺凌。作者对日月的呼唤，更像是对夫君的召唤，闻一多说，《国风》中的日月皆喻作夫，夫君的薄情与冷漠更增添了几分愁绪。作者的心情缠绵悱恻，难以消解，难以平静，只希望生出一双翅膀，飞离这个伤心之地。

燕 燕

燕燕于飞，差池其羽； 一
之子于归，远送于野； 二
瞻望弗及，泣涕如雨。 三

燕燕于飞，颉之颃之； 四
之子于归，远于将之； 五
瞻望弗及，伫立以泣。 六

燕燕于飞，下上其音； 七
之子于归，远送于南； 八
瞻望弗及，实劳我心。

仲氏任只，其心塞渊； 九
终温且惠，淑慎其身； 十
先君之思，以勖寡人。 十一

译文

燕子在翱翔，翼儿不整齐；
厉妫要回家，远送于郊外；
远望不见人，泪珠如雨降。

燕子在翱翔，忽高忽又低；
厉妫要回家，远送道别离；
远望不见人，久立掩面泣。

燕子在翱翔，飞上飞下唱；
厉妫要回家，送她向南路；
远望不见人，心内怅悲伤。

厉妫为人好，诚实虑事深；
温和又恭顺，善良又谨慎；
先君常挂念，帮助记在心。

注释

一　燕：鸟名。差池：不齐的样子。

二　之子：指厉妫，也称厉妇。归：大归，指回归娘家。卫庄公夫人庄姜无子，卫庄公又娶陈女厉妫与戴妫，厉妫之子夭折，戴妫早死，因此庄姜以戴妫之子公子完为己子。庄公卒，公子完即位，嬖人之子州吁弑公子完，厉妫被迫归于陈，而庄姜送之，故作此诗。野：郊外。

三　瞻：瞻望，远望。毛传曰："瞻，视也。"

四　颉（xié）：往上飞。颃（háng）：往下飞。

五　将：送。

六　伫立：久立。毛传曰："伫立，久立也。"

七　下上其音：飞上飞下地叫着。

八　南：指南郊。

九　仲氏：指厉妫。任：可信任的。塞：实。渊：深。

十　温：温和。惠：慈惠。淑：贤淑。慎：谨慎。

十一　勖：勉励。先君，指卫庄公。寡人：寡德之人，庄姜自称。

题解

《诗序》说："《燕燕》，卫庄姜送归妾也。"这是庄姜送厉妫归家之诗。上博简《孔子诗论》说："《燕燕》之情。"正是说的这首诗所表达的不忍分别之情。

旧注认为这是庄姜送别戴妫的诗，但其实应该是厉妫。卫庄公娶庄姜为夫人，庄姜无子，庄公又娶了陈国的厉妫、戴妫姐妹，厉妫之子孝伯早夭，其女弟戴妫生公子完后去世，庄姜抚养公子完成人，即位为桓公，州吁杀桓公，并自立为君，桓公的姨母厉妫因无子，被送回陈国。公子完的母亲为戴妫，其死在公子完即位为桓公之前。而庄姜赋《燕燕》在州吁弑桓公并自立之后，因此，庄姜送别的应该是桓公的姨母厉妫。诗人反复吟唱"瞻望弗及"而"泣涕如雨"，情感深切，意境感人。方玉润《诗经原始》说："前三章不过送别情景，末章乃追念其贤，愈觉难舍。且以先君相勖，而竟不能长相保，尤可为悲。语意沉痛，不忍卒读。"王士禛在《分甘馀话》中说此诗"为万古送别之祖。"

击鼓

击鼓其镗，踊跃用兵。一
土国城漕，我独南行。二

从孙子仲，平陈与宋。三
不我以归，忧心有忡！四

爰居爰处？爰丧其马？五
于以求之？于林之下。六

死生契阔，与子成说。七
执子之手，与子偕老。八

于嗟阔兮，不我活兮！九
于嗟洵兮，不我信兮！十

译文

击鼓震天响，手执兵器上战场。
运土筑城墙，我独从军赴南方。

跟从将军孙子仲，平息陈与宋。

常驻边地不能归，满腹忧愁心伤痛。

何处是我安身地？何处丢了我马匹？

要到哪里去寻找？原来已到树林中。

死生永远不分离，对你誓言记心间。

握紧你的手，白头到老在一起。

可叹相隔远，无缘与你再相见。

可叹分别太久远，不能实现那誓言。

注 释

一　镗（tāng）：击鼓声。踊跃：跳跃。兵：兵器。

二　土：做土工，指挖沟筑墙之类。城：筑城。漕：邑名，在今
　　河南滑县境内。

三　孙子仲：率卫国军队南征的统帅。平：平息纠纷，使之和好。

四　以：通"与"。不我以归，就是不与我归，不允许我回国。有

忡（chōng）：即忡忡，忧愁的样子。

五　爰（yuán）：乃，于是。居：居住。处：停留。丧：丢失。

六　求：寻找。

七　契阔：相隔遥远。成说：约誓，要约。

八　子：指战友。偕：一起。

九　于嗟：吁嗟，叹词。阔：疏远，遥远。活：生。

十　洵：久远，遥远。韩诗"洵"作"夐"，夐，远也。信：信守，指使我不得信守诺言。

题　解

　　《诗序》说："《击鼓》，怨州吁也。卫州吁用兵暴乱，使公孙文仲将而平陈与宋，国人怨其勇而无礼也。"这是一首卫国戍卒厌战思归之诗，怨刺了卫州吁的暴乱。据《诗序》，这是卫国人民怨刺州吁之诗。《史记·卫康叔世家》说："州吁新立，好兵，弑桓公，卫人皆不爱。"《左传·隐公四年》载州吁自立，宋、卫、陈、蔡伐郑之事，朱熹认为此诗有可能是此时所作，其首章是从军卫人的自言危苦："卫人从军者自言其所为。因言卫国之民，或役土功于国，或筑城于漕，而我独南行，有锋镝死亡之忧，危苦尤甚也。"

　　细品诗意可知，这的确是一首卫国戍卒思归不得的诗。全诗五章，前三章概括了诗人应征入伍、从事军事活动的场景，其中有对丢失马匹的心理刻画，笔墨简洁，形象生动。第四章诗人回忆当时与妻子盟誓的场景，哀婉动人，柔肠寸断。"死生契阔，与子成说。执子之手，与子偕老"成了流传千古的名句。清代乔億在《剑溪说诗又编》中说：此诗乃"征戍诗之祖。"

凯风

凯风自南，吹彼棘心。^一

棘心夭夭，母氏劬劳。^二

凯风自南，吹彼棘薪。^三

母氏圣善，我无令人。^四

爰有寒泉，在浚之下。^五

有子七人，母氏劳苦。^六

睍睆黄鸟，载好其音。^七

有子七人，莫慰母心。^八

译文

和风自南来，吹到酸枣苗。

树枝鲜嫩又茁壮，辛苦操劳母亲忙。

和风自南来，吹到酸枣树。

母亲慈祥又良善，子不成材难报答。

何处寒泉水清凉？就在卫国浚邑旁。

有子七人需养育，辛苦操劳母亲忙。

黄雀声婉转，圆转悦人耳。

有子七人需养育，无人能慰慈母心。

注释

一　凯风：即南风。这里以凯风喻母亲。棘：树名，酸枣树。
　　心：一说为树的嫩芽，一说为尖刺。

二　夭夭：少壮的样子。劬（qú）劳：辛苦操劳。

三　棘薪：大枣树。

四　圣善：神圣善良。令：美好。

五　爰：何处。寒泉：清冽的泉水。浚：卫国地名。

六　劳苦：操劳辛苦。

七　睍睆（xiàn huǎn）：形容叫声宛转好听。载：则。好：悦耳
　　动听。

八　慰：安慰。

睍睆黄鸟，载好其音。

有子七人，莫慰母心。

题 解

　　《诗序》说："《凯风》，美孝子也。"这是一首孝子自责、歌颂母亲之诗。孝子深切感念母恩，自责无人能安慰慈母之心。诗篇以长养万物的南风吹拂酸枣树起兴，比喻母亲以无私胸怀养育子女，而子女却不能以慰母心。诗歌语言朴素，比喻贴切，表现了对母亲真挚的情感。在表现骨肉亲情时，朴素的语言是最理想的语言，真挚的感情随着最朴实的语言流露而出，达到一种意想不到的艺术效果。清代刘沅《诗经恒解》说："悱恻哀鸣，如闻其声，如见其人，与《蓼莪》皆千秋绝调。"清代方玉润在《诗经原始》中认为此诗不仅美孝子，更表贤母。

式微

式微，式微，胡不归？ ^一
微君之故，胡为乎中露！ ^二

式微，式微，胡不归？
微君之躬，胡为乎泥中！ ^三

译文

天黑了，天黑了，为何不回家？
如果不是为君主，怎会等在露水中。

天黑了，天黑了，为何不回家？
如果不是为君主，怎会等在泥泞中。

注释

一　式：语助词，无义。一说为用。微：幽暗，天色渐黑。胡：何。

二　微：非。中露：一说为卫邑，一说为露水中。

三　君：指所等待的人。躬：缘故，一说指身体。泥中：一说卫邑，一说困难中，一说泥泞中。

题 解

《诗序》说："《式微》，黎侯寓于卫，其臣劝以归也。"可见，这是黎侯为狄人所逐，寄居于卫国时，其臣子劝其归国之诗。黎国是九黎部落之后，属于蚩尤一脉，居于鄄城和郓城之间的雷泽之滨，商时建黎国，周初封建诸侯，迁黎国至今山西长治一带，春秋时，黎国迁都于山西黎城县东北的黎侯城，后为晋国所灭。其子孙后以国为氏而姓黎。

诗歌共二章十句，以问答的形式寥寥数语，写出了在外之人的无限惆怅与辛劳。"式微，式微，胡不归？"天黑了，天黑了，为什么还不回家？寻常的问答，看似平平无奇，但回答却说，难道不是为了君主吗？意味深长。在露中、在泥中，更是体现出了在外的无奈与凄冷。

简兮

简兮简兮，方将万舞。^一
日之方中，在前上处。^二

硕人俣俣，公庭万舞。^三
有力如虎，执辔如组。^四

左手执籥，右手秉翟。^五
赫如渥赭，公言锡爵。^六

山有榛，隰有苓。^七
云谁之思？西方美人。^八
彼美人兮，西方之人兮。

译文

鼓声震天响，万舞将上演。
日在中天照，领舞排在最前方。

身材高大又英武，公庭之上当众舞。

强壮魁梧力如虎，手持缰绳如丝带。

左手执起六孔龠，右手拿着雉尾羽。
面红如同湿褐土，公侯赐其酒一杯。

高山有榛树，低湿地里长苦苓。
心中所思为何人？正是周室之舞师。
那个男子真英俊，他是西方来的人。

注释

一 简：鼓声。一说为大，一说为选择，一说为不恭敬。方将：
　　即将。万舞：古代的大型舞蹈。万舞分为文舞、武舞两部分，
　　文用羽籥，武用干戚。

二 日之方中：日在中天。在前上处：在最前面的位置。

三 硕人：身材高大的人。一说为贤人。俣俣（yǔ）：魁梧。

四 辔：马缰绳。组：丝带。

五 籥（yuè）：古乐器名，有六孔。秉：拿。翟：野鸡的羽毛。

六 赫：红色的样子。渥（wò）：湿润。亦作"屋"。赭（zhě）：

山有榛，隰有苓。

云谁之思？西方美人。

彼美人兮，西方之人兮。

红色土。公：公侯。锡：赐。爵：古代酒器名。

七　榛（zhēn）：树名。隰（xí）：低湿地。苓：草名，有大苦味。

八　云：语助词。谁之思：思谁，心里想着谁。西方：指周王室，
　　周王室在西方。美人：指舞师。

题 解

《诗序》说："《简兮》，刺不用贤也。卫之贤者仕于伶官，
皆可以承事王者也。"这是一首赞美宫廷舞师之诗，并歌颂了
盛大的舞蹈和雄壮的舞者。国史用以讥刺卫国君以贤者仕于
伶官，不能任用贤能。朱熹说："张子曰'为禄仕而抱关击柝，
则犹恭其职也。为伶官，则杂于侏儒俳优之闲，不恭甚矣。其
得谓之贤者，虽其迹如此，而其中固有以过人，又能卷而怀
之，是亦可以为贤矣。东方朔似之。'"

闻一多认为此诗表现的是女子在观看万舞时，对英俊潇
洒的舞师产生的爱慕之情，女子热烈坦诚的感情溢满全篇。前
三章是对万舞盛况的描述，字里行间充满了对舞蹈、舞师的赞
美之情。末章则直抒胸臆，率真地表达出对舞师的爱慕之意，
"云谁之思，西方美人"，给读者"情不能已"强烈感受。

泉水

毖彼泉水，亦流于淇。^一
有怀于卫，靡日不思。^二
娈彼诸姬，聊与之谋。^三

出宿于泲，饮饯于祢。^四
女子有行，远父母兄弟。^五
问我诸姑，遂及伯姊。^六

出宿于干，饮饯于言。^七
载脂载辖，还车言迈。^八
遄臻于卫，不瑕有害？^九

我思肥泉，兹之永叹。^十
思须与漕，我心悠悠。^{十一}
驾言出游，以写我忧。^{十二}

泉水

毖彼泉水，亦流于淇。[一]
有怀于卫，靡日不思。[二]
娈彼诸姬，聊与之谋。[三]

出宿于泲，饮饯于祢。[四]
女子有行，远父母兄弟。[五]
问我诸姑，遂及伯姊。[六]

出宿于干，饮饯于言。[七]
载脂载辖，还车言迈。[八]
遄臻于卫，不瑕有害？[九]

我思肥泉，兹之永叹。[十]
思须与漕，我心悠悠。[十一]
驾言出游，以写我忧。[十二]

译 文

泉水流啊流，流入淇水头。

想起卫国我故乡，没有一日不想念。

那些同姓好姑娘，且同她们去商量。

出嫁宿在沸，饯行又在祢。

姑娘成人要远嫁，远离兄弟父母家。

行前问候众姑姑，也跟大姐讲些话。

出嫁宿在干，饯行却在言。

拿出油脂涂在轴，回车往回走。

迅速奔驰回到卫，回去看看又何害？

心儿飞到肥泉头，不禁连连长感叹。

想到须邑和漕邑，绵绵相思盼重游。

驾车出游去，消除心中无限愁。

注释

一　毖（bì）：泉水涌出的样子。淇：水名。

二　怀：怀念。

三　娈：美好的样子。诸姬：姬姓陪嫁的女子。聊：姑且。
　　谋：谋划。一说为心里所想。

四　沸（jǐ）：地名。饯：饯行。祢（nǐ）：地名。

五　行：女子出嫁。一说为道。远：远离。

六　姑：姑姑。姊：大姐。

七　干：地名。言：地名。

八　载：又。脂：油脂，用作动词。用油脂涂抹车轴使之润滑。
　　舝（xiá）：车轴。还：归。迈：远行。

九　遄（chuán）：迅速。臻（zhēn）：至，到达。瑕：过错。
　　害：害处。一说为何。

十　肥泉：水命。兹：此。咏叹：长叹。

十一　须、漕：卫国都城名。悠悠：思念绵长的样子。

十二　写：泻，除去。

题解

　　《诗序》说："《泉水》，卫女思归也。嫁于诸侯，父母终，思归宁而不得，故作是诗以自见也。"这是一首写卫国女子出嫁后，思归宁而不得的诗。西周制度，父母在则归宁，父母去世，则使大夫归宁与兄弟。后人认为卫女思归是发乎情，最后并未回家乡是止乎礼义。总之，这是一首抒发欲归宁而不得的诗。诗歌以虚实相生的手法表达了女子对家乡的深切思念。清代陈震《读诗识小录》说："全诗皆以冥想幻出奇文，谋与问皆非实有其事。"此外，王先谦《诗三家集疏》则认为这是思父母、忧家国的作品。

北门

出自北门，忧心殷殷。^一
终窭且贫，莫知我艰。^二
已焉哉，天实为之，谓之何哉。^三

王事适我，政事一埤益我。^四
我入自外，室人交徧谪我。^五
已焉哉，天实为之，谓之何哉。

王事敦我，政事一埤遗我。^六
我入自外，室人交徧摧我。^七
已焉哉，天实为之，谓之何哉。

译文

走出城北门，忧愁心忡忡。
住处简陋人困窘，无人知道我艰辛。
算了吧，老天如此作安排，说它又有什么用。

王室之事差遣我，国政之事加给我。

我从外面归家去，家人轮番指责我。

算了吧，老天如此作安排，说它又有什么用。

王室之事都给我，国政之事也给我。

我从外面归家去，家人轮番斥责我。

算了吧，老天如此作安排，说它又有什么用。

注 释

一　出自北门：从北门出。殷殷：忧愁的样子。

二　窭（jù）：房屋简陋，一说无礼。贫：困于财。

三　已焉哉：算了吧。谓之何哉：说它又有什么用呢？

四　王事：王室的事。适：给，投掷。政事：国政之事。一：皆。

　　埤（pí）：增加，堆积。

五　室：家。交徧：轮番，全，都。徧：通"遍"。谪：指责。

六　敦：迫。一说厚，一说犹投掷。遗（wèi）：增加。

七　摧：指责。

出自北门，忧心殷殷。

终窭且贫，莫知我艰。

已焉哉，天实为之，谓之何哉。

题 解

　　《诗序》说："北门，刺仕不得志也。言卫之忠臣不得其志尔。"这是一首感慨卫国政治不善，政务繁忙，不得其志之诗。《诗序》与孔疏皆认为此诗表达了贤人不得志的苦闷。另外，学者多认为此诗描述的是古代下层小吏待遇菲薄，内外交困，身心俱疲的情景，反映了当时的社会矛盾。朱熹则认为此诗将痛苦无奈归之于天，无怨怼之辞，表现出的是儒家温柔敦厚的人格特征。各家虽然解读的角度不同，但却都是围绕着诗中"终窭且贫""政事一埤遗我""室人交遍谪我"等而来的，所以都对加深对此诗的理解有帮助。可参看。全诗三章，其中"天实为之，谓之何哉"在每章末回环往复，强调了诗人的悲愤之情。清代邓翔《诗经绎参》说："三章共八'我'字，无所控诉，一腔热血。"

北风

北风其凉，雨雪其雱。 一
惠而好我，携手同行。 二
其虚其邪？既亟只且！ 三

北风其喈，雨雪其霏。 四
惠而好我，携手同归。 五
其虚其邪？既亟只且！

莫赤匪狐，莫黑匪乌。 六
惠而好我，携手同车。 七
其虚其邪？既亟只且！

译文

北风天气凉，漫天大雪飞。

为人仁厚且爱我，与我携手同道行。

为何缓慢又迟疑，事情已经如此急！

北风声喈喈，大雪漫天飘。

为人仁厚且爱我，与我携手同回家。

为何缓慢又迟疑？事情已经如此急！

天下赤狐皆狡猾，天下乌鸦一般黑。

为人仁厚且爱我，与我携手同乘车。

为何缓慢又迟疑？事情已经如此急！

注释

一　雱（páng）：雪很大的样子。其：助词，调节韵律，舒缓语气，无实义。

二　惠：爱。而：并且。好（hào）我：喜爱我。行：道路。一说出嫁。《鄘风·蝃蝀》《卫风·竹竿》皆云："女子有行，远兄弟父母。""行"皆指出嫁。

三　虚：同"舒服"，缓慢的样子。邪：徐的假借字，虚邪即舒徐，在这里相当于叠韵，意思为缓慢不着急，犹豫不决的样子。亟：同"疾"，快。只且（jū）：语气助词。

四　喈（jiē）：北风和鸣之声。一说为疾风。霏（fēi）：大雪纷纷飘落的样子。鲁诗作"雨雪霏霏"。

莫赤匪狐，莫黑匪乌。
惠而好我，携手同车。
其虚其邪？既亟只且！

五　归：女子出嫁。

六　莫赤匪狐，莫黑匪乌：不红不为狐，不黑不为乌。莫，意为
　　无。匪，意为不。莫匪为双重否定。

七　同车：一同乘车。

题 解

《诗序》说："《北风》，刺虐也。卫国并为威虐，百姓不
亲，莫不相携持而去焉。"这是一首因不能忍受卫国暴政，亲友
相约逃离之诗。全诗共三章。第一、第二章以北风雨雪起兴，
气象愁惨，比喻国家将乱，危险将至，在这愁云惨雾中，诗
人欲与相好之人逃离而去。第三章又提及赤狐、乌鸦等不祥之
物，强调了诗人对卫国暴虐之政的厌恶与相携而去的决心。全
诗通篇弥漫着一种紧张恐惧的气氛，生动地向读者传达了紧迫
焦虑的心理。

全诗重章复沓，其中每章最后两句都以"其虚其邪？既
亟只且"作结，语气急促，感情强烈，表达出一刻也不想再停
留的急切心情，将情况的紧迫感与焦急的心理形象的表达了
出来。

静女

静女其姝，俟我于城隅。[一]
爱而不见，搔首踟蹰。[二]

静女其娈，贻我彤管。[三]
彤管有炜，说怿女美。[四]

自牧归荑，洵美且异。[五]
匪女之为美，美人之贻。[六]

译文

闲雅女子真美丽，约我等在城角旁。
故意躲藏不露面，抓耳挠腮心彷徨。

娴静女子真娇媚，赠我彤管情意长。
彤管鲜艳有光彩，清新美丽惹人爱。

郊野归来赠柔荑，确实美好又奇异。
不是荑草多美丽，只因此是美人赠。

注释

一　静女：娴静的女子。姝：美丽。俟（sì）：等待。城隅：城角偏僻的地方。

二　爱：同"薆"，躲藏。不见：不露面。搔首：用手挠头。踟蹰：徘徊的样子。

三　贻（yí）：赠送。彤管：说法不一，一说为红色管状小草，一说为古代乐器名。

四　炜（wěi）：红色的样子。说怿（yì）：喜爱，"说"同"悦"。女：汝，指彤管。

五　牧：野外。归：同"馈"，赠送。荑（tí）：嫩茅草。洵（xún）：确实。

六　女：汝，指荑。

题解

　　《诗序》说："《静女》，刺时也。卫君无道，夫人无德。"这是一首描写女子以礼与男友约会之诗。国史采集此诗，认为可对卫国国君及夫人的无德行为起到讥刺作用。虽卫国君主和夫人不知有德有礼，而卫国自有娴淑女子知道以礼自守。

　　此诗以男子的口吻写青年男女幽期密约时的情形。男子见

静女其姝，俟我于城隅。
爱而不见，搔首踟蹰。

不到女子心急如焚，"搔首踟蹰"生动地表达了男子焦躁的心情。见到女子时，男子的心情瞬时发生了改变，眼中的女子无论怎么看都那么美丽迷人，正所谓"情人眼里出西施"。此外，男子爱屋及乌，更将女子赠送的礼物视若珍宝。读者读此篇能深深感觉到两人的柔情蜜意，而这种爱情特有的气息是不会因为时间的流转而消逝的，因为爱情是永恒的。另外，关于此诗的写法，《诗经题注图考》中说："通诗只一个'爱'字尽之。首言未见而思，后言既见而赠，乃得赠而爱其人。又因其人而美其赠。无非辗转相爱昵之意。"

新台

新台有泚，河水弥弥。^一
燕婉之求，蘧篨不鲜。^二

新台有洒，河水浼浼。^三
燕婉之求，蘧篨不殄。^四

鱼网之设，鸿则离之。^五
燕婉之求，得此戚施。^六

译文

新台辉煌又明亮，河水盈盈往下淌。
原想嫁个如意郎，谁料竟是丑模样。

新台高大又伟丽，河水充沛且湍急。
本想找个好配偶，谁料不美且有疾。

河中有渔网，大雁遭灾难。
本想找个如意郎，碰上驼背四不像。

注 释

一　台：平而高的建筑物。泚（cǐ）：鲜明貌。瀰瀰：盛貌。

二　燕婉：指容貌俊俏的人。燕：安。鲁诗、韩诗作"嬿"，齐诗作"曣"。婉：顺也。籧篨（qú chú）：本指粗竹席，疾病名，不能俯者，盖指鸡胸。鲜：善也。此处说齐女来嫁于卫，其心本求燕婉之人，即公子伋，反得籧篨不善之卫宣公。一说鲜，少也。

三　洒（cuǐ）：高峻貌；韩诗作"漼"，音同；一说鲜貌；一说洁静貌，音洗；一说借为铣（xiǎn），金色有光泽。浼（měi）：平地；韩诗作"浘"，音尾，一说盛貌。

四　殄：绝。一说殄当作腆，善也。一说殄借为珍，美也。

五　鸿：大雁。离：通罹，遭遇，遭受；一说通丽，附着。此句兴而有比，喻齐女本为世子而来，反得宣公。

六　戚施：疾病名，不能仰者，即驼背。

题 解

《诗序》说："《新台》，刺卫宣公也。纳伋之妻，筑新台于河上而要之。国人恶之，而作是诗也。"这是一首讽刺卫宣公将自己儿子之妻据为己有之诗。诗歌所反映的故事在《左传》等

新台有泚，河水浼浼。
燕婉之求，籧篨不鲜。

典籍里也有类似记载。

　　太子伋为卫宣公世子，卫宣公为太子娶齐国公主，听说太子未婚妻容貌美丽，遂在黄河筑新台，将其据为己有。因此国人对卫宣公如此行径严厉批判，并对其容貌作了夸张的丑化，显示出国人对宣姜的深切同情。朱熹亦说："旧说以为，卫宣公为其子伋娶于齐。而闻其美，欲自娶之。乃作新台于河上，而要之。国人恶之，而作此诗以刺之。"可以说此诗开辟了古代讽刺诗的先河。而诗中"燕婉之求，籧篨不鲜""鱼网之设，鸿则离之"的对比描写，更是将这种讽刺具体化与形象化了，有让人不忍卒读之感。

二子乘舟

二子乘舟，泛泛其景。^一

愿言思子，中心养养。^二

二子乘舟，泛泛其逝。^三

愿言思子，不瑕有害。^四

译文

二人共乘船，随水漂远方。

每当思念你二人，眷恋满腹心惆怅。

二人共乘船，随水漂远方。

每当思念你二人，愿君平安无祸殃！

注释

一　二子：一说指卫宣公之二子伋和寿。泛泛：漂浮的样子。
　　景：同"影"，指舟的影子。

二　愿：思念。一说每次。言：语助词。养养：同"洋洋"，忧愁。

三　逝：远去。

四　瑕：过失。一说为疑问词。

题解

　　《诗序》说："《二子乘舟》，思伋、寿也。卫宣公之二子争相为死，国人伤而思之，作是诗也。"这是一首纪念卫宣公世子伋及公子寿之诗。

　　据《左传》记载，卫宣公霸占了太子伋的妻子，是为宣姜，《新台》即为此而作。宣姜生了寿和朔，朔与宣姜在卫宣公面前进谗言陷害伋子。卫宣公命太子伋去齐国，并派人半路截杀。寿知道后告诉伋，伋不愿意逃。寿就灌醉伋，自己打着伋的旗号出去，被杀。伋醒来后赶过去也被杀死。国人同情两个被害的公子，作此诗表达了对两位公子的敬仰与追思。其中"中心养养""不瑕有害"的描写深深表达出了人们对两位公子的沉痛思念与期盼之情。

鄘风

鄘原为殷商畿内之地，朝歌以南，今在河南汲县境内。《鄘风》，原指鄘地的诗歌，今存诗10首。

邶、鄘、卫三诗大部分难确定具体时代，大致说来西周末东周初的诗居多数。邶、鄘二地早已并入卫国，为什么卫诗还冠以邶、鄘之名？有人认为因卫诗有39首之多，近《国风》的四分之一，所以编者将部分诗编入邶、鄘之下。但今本《诗经》，《邶风》19首、《鄘风》10首、《卫风》10首，并不平均。可能的原因是邶、鄘、卫三风，其中应该包括卫康叔之前的诗，但因孔子删诗后，原产邶、鄘之诗都未能保存，才会有今天的面貌。

柏舟

汎彼柏舟，在彼中河。^一
髧彼两髦，实维我仪。^二
之死矢靡它。母也天只！不谅人只！^三

汎彼柏舟，在彼河侧。
髧彼两髦，实维我特。^四
之死矢靡慝。母也天只！不谅人只！^五

译文

柏木小船漂悠悠，就在大河水中央。
垂发至眉的儿郎，是我心仪好对象。
我已坚定无他心。叫声爹啊叫声娘，为何对我不体谅！

柏木小船漂悠悠，漂荡直到河岸旁。
垂发至眉的儿郎，是我心仪好对象。
誓死不会变心肠。叫声爹啊叫声娘，为何对我不体谅！

注 释

一　汎：漂浮。柏舟：柏木船。中河：河中。

二　髧（dàn）：头发下垂至眉毛。维：是。仪：对象，配偶。一说为偶。

三　之：至，到。矢：发誓。靡：无。母也天只，不谅人只：呼告母亲、苍天。

四　特：配偶。

五　慝（tè）：差错，出错。一说为邪。

题 解

　　《诗序》说："《柏舟》，共姜自誓也。卫世子共伯蚤死，其妻守义，父母欲夺而嫁之，誓而弗许，故作是诗以绝之。"这是写卫世子的妻子捍卫爱情，忠贞不渝的诗。卫国朝廷荒淫，多次发生朝廷之中的寡妇与宗室子弟同居生子的事情，卫世子共伯死后，共姜可能也遇见了类似的诱惑，甚至可能父母亲也逼迫再嫁，共姜忠贞不渝，发誓"之死矢靡它"。

　　也有人认为这首诗或许写的是未嫁女子已有心仪对象，父母却强迫她另嫁他人，于是忧愁悲愤，呼天抢地，明确表达了自己对爱人至死不渝的决心，从而歌颂了爱情的真挚和专一。

墙有茨

墙有茨，不可埽也。^一
中冓之言，不可道也。^二
所可道也，言之丑也。^三

墙有茨，不可襄也。^四
中冓之言，不可详也。^五
所可详也，言之长也。^六

墙有茨，不可束也。^七
中冓之言，不可读也。^八
所可读也，言之辱也。^九

译文

墙上长有杜蒺藜，没有办法来扫除。
宫中内室私房话，着实不可对人讲。
倘若真要说出来，丑恶言语太难听。

墙上长有杜蒺藜，不能轻易便除去。

宫中内室私房话，着实不能去详查。
倘若真要做详查，丑言恶语说不出。

墙上蔓延杜蒺藜，没有办法去清除。
宫中内室私房话，着实不可说出去。
倘若真要说出去，丑恶言语太侮辱。

注释

一　茨（cī）：即蒺藜。亦名爬墙草。埽：同"扫"，扫除。墙上
　　种茨是为了防闲内外的。不可扫，有内丑不可外扬之意。

二　中冓（gòu）：宫中内室内。

三　丑：恶。

四　襄：同"攘"，除去。

五　详：审查。一说详细。

六　长：多。

七　束：捆起来丢掉。

八　读：说出。

九　辱：侮辱。

墙有茨，不可埽也。

中冓之言，不可道也。

所可道也，言之丑也。

题 解

　　《诗序》说："《墙有茨》，卫人刺其上也。公子顽通乎君母，国人疾之，而不可道也。"这是一首讽刺卫国宫廷淫乱，公子与君母私通之诗。

　　春秋时期，卫宣公死后，卫惠公继位，卫惠公母亲宣姜嫁给了其庶兄公子顽，即昭伯，《左传·闵公二年》载："初，惠公之即位也少，齐人使昭伯烝于宣姜，不可，强之。生齐子、戴公、文公、宋桓夫人、许穆夫人。"因此国人对卫国宫廷的这种淫乱行为作出了辛辣讽刺，以"言之丑也""言之长也""言之辱也"反复强调了宫廷秽闻的不可示人。

桑中

爰采唐矣？沫之乡矣。[一]
云谁之思？美孟姜矣。[二]
期我乎桑中，要我乎上宫，送我乎淇之上矣。[三]

爰采麦矣？沫之北矣。[四]
云谁之思？美孟弋矣。[五]
期我乎桑中，要我乎上宫，送我乎淇之上矣。

爰采葑矣？沫之东矣。[六]
云谁之思？美孟庸矣。[七]
期我乎桑中，要我乎上宫，送我乎淇之上矣。

译文

何处采女萝？沫水的岸边。

我在思念谁？美丽姜长女。

与我约会在桑中，邀我相见于上宫，送我淇水上。

哪里采小麦？沫水的北边。

我在思念谁？美丽弋长女。

与我约会在桑中，邀我相见于上宫，送我淇水上。

哪里采蔓菁？沫水的东边。

我在思念谁？美丽庸长女。

与我约会在桑中，邀我相见于上宫，送我淇水上。

注释

一　爰：何处。一说为句首语气词。唐：蒙，一种草，又名女萝、
菟丝。沫（mèi）：卫国的水名。乡：地方。沫之乡，指沫水
流过的地方。

二　云：语气词。谁之思：思谁，所想的人是谁。美：美好，
美丽。孟：排行居长。孟姜即姜姓长女。与以下两章的
"弋""庸"皆为列国之姓。

三　期：会见，会面。要：通"邀"，邀约。桑中、上宫：地名。
淇（qí）：卫地水名。

四　麦：小麦。

五　弋：姓。

爰采唐矣？沬之乡矣。

云谁之思？美孟姜矣。

期我乎桑中，要我乎上宫，送我乎淇之上矣。

六　葑（fēng）：植物名。即蔓菁。

七　庸：姓。

题 解

《诗序》说："《桑中》，刺奔也。卫之公室淫乱，男女相奔，至于世族在位，相窃妻妾，期于幽远，政散民流，而不可止。"本诗讽刺了乱世风俗。由于卫国公室多淫乱行为，所以民风不正，民间多男女私奔不守礼之事。朱熹亦曰："《乐记》曰：郑卫之音，乱世之音也，比于慢也。桑间濮上之音，亡国之音也。其政散，其民流，诬上行私，而不可止也。按《桑间》即此篇。故小序亦用《乐记》之语。"

也有学者认为这就是男子怀念与女子幽会时的诗歌。如闻一多说："《桑中》，思会时也。"关于诗中出现的"孟姜""孟弋""孟庸"，也并非指三人，而是男子为心上人所拟的代称。大约是姜、弋、庸三姓之地盛产美女，所以男子才以此来比拟。许伯政《诗深》说："诗中孟庸、孟弋及齐姜、宋子之类，犹世人称所美曰西子耳。"诗歌采用自问自答形式，文字隽永，情意真挚，被后世尊为"无题诗"之祖。

鹑之奔奔

鹑之奔奔，鹊之彊彊。^一
人之无良，我以为兄。^二

鹊之彊彊，鹑之奔奔。
人之无良，我以为君。^三

译文

鹌鹑高高飞，喜鹊展雄姿。
有人不善良，我得当兄长。

喜鹊展雄姿，鹌鹑高高飞。
有人不善良，我得当君主。

注释

一　鹑（chún）：鹌鹑，鸟类的一种。奔奔：飞的样子。鹊：喜
　　鹊、山鹊。彊彊：彊同"强"，有力的样子。
二　良：善良。兄：兄长。

三　君：此处指国小君，即国君夫人，即宣姜。

题 解

《诗序》说："《鹑之奔奔》，刺卫宣姜也。卫人以为，宣姜鹑鹊之不若也。"此诗与《墙有茨》相同，都是讽刺宣姜与公子顽乱伦关系之诗。这是一首刺诗。诗篇以鹌鹑与喜鹊起兴，反衬卫国公室成员禽兽不如、荒淫无耻的乱伦生活，语短意长。其政治腐败，道德败坏至此，居然是国君之兄、国君之母，国人遂作此诗表达了内心的愤怒和对卫国公室的强烈不满与鄙夷。

相鼠

相鼠有皮，人而无仪！ ^一
人而无仪，不死何为？ ^二

相鼠有齿，人而无止！ ^三
人而无止，不死何俟？ ^四

相鼠有体，人而无礼。 ^五
人而无礼，胡不遄死？ ^六

译文

看那老鼠都有皮，有人却不知仪态！
如果为人不知礼，不死活着做什么？

看那老鼠尚有齿，有人却不知节制！
既然行为无节制，不死还在等什么？

看那老鼠还有体，那人竟然不知礼。
既然行为不守礼，不如快死何迟疑？

注 释

一 相：看。仪：礼仪、仪态。

二 何为：即"为何"。

三 止：停止。一说止为"耻"。

四 俟：等待。

五 体：肢体。

六 遄（chuán）：快速。

题 解

《诗序》说："《相鼠》，刺无礼也。卫文公能正其群臣而刺在位承先君之化，无礼仪也。"这是一首讽刺统治者不守礼义的诗。

此诗以相鼠起兴，讽刺了统治者不讲礼仪。褚斌杰《诗经全注》说："这是一首讽刺诗，痛斥那些寡廉鲜耻之人，连老鼠都不如，还不如死掉好。语言辛辣，怒斥之声，宛如耳闻。"另外，全诗以鼠比人，出词峻厉，无情冷酷，三章末尾分别以"不死何为""不死何俟""胡不遄死"作结，直接以死斥之，愤怒之情溢于言表。对此，牛运震《诗志》说："痛呵之词，几于裂眦。"这首诗与《墙有茨》《鹑之奔奔》相互参看，可知卫国统治者所做违背礼仪之事实在不少。

干旄

子子干旄，在浚之郊。^一
素丝纰之，良马四之。^二
彼姝者子，何以畀之？^三

子子干旟，在浚之都。^四
素丝组之，良马五之。^五
彼姝者子，何以予之？

子子干旌，在浚之城。^六
素丝祝之，良马六之。^七
彼姝者子，何以告之？^八

译文

旗杆高高挂，就在浚邑郊。
白色丝线绳，四匹好马驾车行。
那位贤良的大夫，我能给予你什么？

旗子迎风立，就在浚都中。

白色丝线绳，奔驰骏马有五匹。

那位贤良的大夫，我能给予你什么？

旗子高高扬，就在浚都城。

白色丝线绳，疾奔骏马有六匹。

那位贤良的大夫，我能告诉你什么？

注释

一　孑孑（jié）：旗杆高挑的样子。干旄（máo）：用牦牛尾装饰旗杆顶端的旗。浚（xùn）：卫国城名。

二　素丝：白色丝。纰（pí）：搓成绳子。良马四之：用四匹好马驾车。

三　姝：美。畀（bì）：给予。

四　干旟（yú）：画有鹰隼的旗子。

五　组：意思同“纰”。

六　干旌（jīng）：用羽毛装饰旗杆顶的旗子。

七　祝：同“属”，编织。

八　告：建议。

孑孑干旄，在浚之郊。
素丝纰之，良马四之。
彼姝者子，何以畀之？

题 解

《诗序》说："《干旄》，美好善也。卫文公臣子多好善贤者，乐告以善道也。"此诗赞美了卫文公及臣子都乐于选贤任能，并以善道告诉贤者。《史记·卫康叔世家》说："文公初立，轻赋平罪，身自劳，与百姓同苦，以收卫民。"

诗歌共三章，重章复沓，反复诉说的是求贤之意，而三章的重点都落在"彼姝者子"一句，求贤若渴的心情昭然若见。崔述《读风偶识》说："卫之重封，由于齐桓。齐桓所封者，刑与卫也。然刑仅二十余年而遂亡，而卫历春秋及战国、秦又数百年而始亡，何哉？吾读《干旄》之篇，而知卫之所以久存，良有由也。盖国家之治惟赖贤才，而贤才不易得，故人君于贤才不惟当举之用之，而且当鼓之舞之，旌旄之赍于浚，所以下贤也，即所以劝贤也。"他指出了求贤的重要性，也点出了本篇的主旨所在。此外，本诗语言简洁、语气敦厚，体现了平和中正的审美特点。

载驰

载驰载驱，归唁卫侯。^一
驱马悠悠，言至于漕。^二
大夫跋涉，我心则忧。^三

既不我嘉，不能旋反。^四
视尔不臧，我思不远。^五
既不我嘉，不能旋济。^六
视尔不臧，我思不閟。^七

陟彼阿丘，言采其蝱。^八
女子善怀，亦各有行。^九
许人尤之，众稚且狂。^十

我行其野，芃芃其麦。^{十一}
控于大邦，谁因谁极？^{十二}

大夫君子，无我有尤。^{十三}
百尔所思，不如我所之。^{十四}

译 文

驾车赶路急，回国吊卫国。

驱马路漫漫，望到漕城头。

大夫跋涉把我追，我心惆怅满忧愁。

众人都不赞同我，不能阻我心归国。

你们既然无良策，我的想法还尚可。

众人都不赞同我，不能止我心渡河。

你们既然无良策，我的内心不闭塞。

登上高山坡，采贝治忧伤。

女子念故国，自然有道理。

许人反对我，幼稚又愚妄。

走在故国田野间，蓬蓬勃勃麦如浪。

求告于大国，谁能帮助我?

大夫与君子，不要指责我。

你们思虑有百计，不如我去跑一趟。

注释

一　载：语气词。一说意为则。驰：快马赶路。唁：吊唁。卫侯：卫戴公。

二　悠悠：形容路途遥远。漕：卫国都城名。

三　跋涉：跋山涉水。

四　既：都。嘉：善，嘉许。

五　尔：你们。臧：善。

六　济：渡河。一说为止。

七　閟（bì）：闭塞。

八　陟（zhì）：登。莔（máng）：贝母。

九　善：多。怀：思念。行：道路。

十　尤：反对。

十一　芃芃（péng）：茂盛的样子。

十二　控：求告。极：至。

十三　大夫君子：许国大臣。

十四　百尔：即凡尔，所有。

题 解

　　《诗序》说："《载驰》，许穆夫人作也。闵其宗国颠覆，自伤不能救也。卫懿公为狄人所灭，国人分散，露于漕邑。许穆夫人闵卫之亡，伤许之小，力不能救，思归唁其兄，又义不得，故赋是诗也。"这是一首表现许穆夫人关切故国沦陷之诗。《左传·闵公二年》载："文公为卫之多患也，先适齐。及败，宋桓公逆诸河，宵济。卫之遗民男女七百有三十人，益之以共、滕之民为五千人，立戴公以庐于曹。许穆夫人赋《载驰》。"

公元前660年，狄攻破卫国，杀死卫懿公，卫人拥立戴公，戴公死，又立文公，许穆夫人得知故国遭此祸患，欲归国吊唁，但因她的举动不符合当时礼制，被许国阻挠。于是许穆夫人作此诗表达了对故国的担忧。朱熹说："宣姜之女为许穆公夫人。闵卫之亡，驰驱而归，将以唁卫公于漕邑。未至，而许之大夫有奔走跋涉而来者。夫人知其必将以不可归之义来告，故心以为忧也。既而终不果归，乃作此诗，以自言其意尔。"这个分析是很恰当的。此外，诗歌最后一章的描写，以"我行其野，芃芃其麦"始，既是叙，又是兴，然后再说"控于大邦，谁因谁极"，又说"大夫君子，无有我尤"，直抒胸臆，沉着痛快。特别是最后两句"百尔所思，不如我所之"的描写，更是描绘出了一个巾帼女英雄的形象。由此也可以看出许穆夫人的远见卓识。这在那个时代是很少见也是很可贵的。

卫风

卫大致在黄河北岸、太行山脉东麓的今河南省鹤壁、新乡附近。后周公合并三监之地为卫，连同原殷民一起封给康叔，建都殷墟，具体位置大概在今河南鹤壁市淇县一带。卫诗大部分难以确定具体时代，大致说来以西周末东周初的诗居多数。今存10首。

淇奥

瞻彼淇奥，绿竹猗猗。^一

有匪君子，如切如磋，如琢如磨。^二

瑟兮僩兮，赫兮咺兮。^三

有匪君子，终不可谖兮。^四

瞻彼淇奥，绿竹青青。^五

有匪君子，充耳琇莹，会弁如星。^六

瑟兮僩兮，赫兮咺兮。

有匪君子，终不可谖兮。

瞻彼淇奥，绿竹如箦。^七

有匪君子，如金如锡，如圭如璧。^八

宽兮绰兮，猗重较兮。^九

善戏谑兮，不为虐兮。^十

译文

看那淇水蜿蜒处，竹子浓密又婀娜。

有位君子文采佳，似那切磋的玉石，又被反复琢磨过。

庄严又大方，光明又磊落。

这位君子文采佳，一见他便难忘怀。

看那淇水蜿蜒处，竹子浓翠又葳蕤。

有位君子文采佳，耳畔玉石亮晶晶，帽上玉石灿如星。

庄严又大方，光明又磊落。

有位君子文采佳，一见他便难忘怀。

看那淇水蜿蜒处，竹子茂密连成片。

有位君子文采佳，德行精纯如金锡，才学出众如圭璧。

心胸宽广亦从容，登车凭倚风姿显。

谈吐幽默又风趣，为人平易不刻薄。

注 释

一　淇：淇水，卫国河名。奥（yù）：通"澳"。水岸弯曲的地
　　方。绿竹：绿色的竹子。猗猗（yī）：美丽而且茂盛的样子。

二　匪：同"斐"，有文采的样子。切：指切玉。磋（cuō）：指
　　削玉。琢：雕玉。磨：刻石。切、磋、琢、磨：此处指以治

玉之四过程说明人格修养的无止境。

三　瑟：同"瑟"，庄重的样子。僩（xiàn）：一说宽大的样子。一说威严的样子。赫：光明的样子。咺（xuǎn）：光明显著的样子。朱熹说："咺，宣著貌。"

四　谖（xuān）：忘记。毛诗作"谖"，"谖"即"蕿"，即蕿、萱之假借。

五　青青：茂盛的样子。

六　充耳：饰品，在冠的两旁，悬美玉垂于耳边。琇（xiù）莹：美丽的玉石。会（kuài）：缝隙。弁（biàn）：皮帽。

七　箦（zé）：竹子茂密的样子。

八　如金如锡、如圭如璧：像金、锡一样精纯；像圭、璧一样治学有成。

九　宽：胸襟宽广。绰（chuò）：从容的样子。猗：同"倚"，依靠。一说为叹词。重较：一说为卿士之车。一说较为车上横木。

十　戏谑：开玩笑。虐：粗暴。

题解

《诗序》说："《淇奥》，美武公之德也。有文章，又能听其规谏，以礼自防，故能入相于周，美而作是诗也。"这是一首赞美卫武公的诗。卫武公德行出众，又能够听人规劝，严守礼义，辅相周室，故国人称赞之。《国语·楚语上》载："昔卫武公年数九十有五矣，犹箴儆于国，曰：'自卿以下至于师长士，苟在朝者，无谓我老耄而舍我必恭恪于朝，朝夕以交戒我；闻一二之言，必诵志而纳之，以训导我。'"诗歌以"如切如磋，如琢如磨"来比喻卫武公的德行修养，生动形象，令人印象深刻。《论语·学而》载："子贡曰：'贫而无谄，富而无骄，何如？'子曰：'可也。未若贫而乐，富而好礼者也。'子贡曰：'《诗》云：如切如磋，如琢如磨'，其斯之谓与？子曰：'赐也，始可与言《诗》已矣。告诸往而知来者。'"

后世也有学者认为这是一首赞美卫国君子的诗。而诗歌作者是一位倾慕这位君子的女子。此诗以绿竹起兴，以其高洁之性来象征君子的美好品格。

全诗共三章，首章写君子的品性娴雅高洁，令人难忘。第二章对君子的服饰衣着进行了描绘，从配饰来看，这位君子应是位贵族。第三章则写君子的言谈行为风趣幽默又从容稳重。前两章结尾处，都有诗人的感叹"有匪君子，终不可谖兮"。

瞻彼淇奥，绿竹猗猗。

有匪君子，如切如磋，如琢如磨。

第三章则没有感叹，直接以君子言谈告终，说明前两章女子还处于单方倾慕君子的状态，但第三章两人已经有了交集，有了言谈之举，所以女子便结束了感叹，而开始享受两人交往的过程。

硕人

硕人其颀，衣锦褧衣。^一
齐侯之子，卫侯之妻。^二
东宫之妹，邢侯之姨，谭公维私。^三

手如柔荑，肤如凝脂。^四
领如蝤蛴，齿如瓠犀，螓首蛾眉。^五
巧笑倩兮，美目盼兮。^六

硕人敖敖，说于农郊。^七
四牡有骄，朱幩镳镳，翟茀以朝。^八
大夫夙退，无使君劳。^九

河水洋洋，北流活活。^十
施罛濊濊，鱣鲔发发，葭菼揭揭。^{十一}
庶姜孽孽，庶士有朅。^{十二}

译 文

美人太苗条，外衣罩锦衣。

齐侯好女儿，卫侯的妻子。

太子的胞妹，邢侯的小姨，谭公的妹婿。

手指纤纤似茅芽，皮肤白皙如凝脂。

颈部修长如蝤蛴，牙齿整齐如瓠犀，额角丰满细蛾眉。

嫣然一笑酒窝俏，眼波流转眸分明。

美人身材好，停车在近郊。

四匹骏马身矫健，盛美红绸饰马嚼，华丽车架驶入朝。

诸位大夫早退朝，不使君侯太辛劳。

河水浩荡荡，滔滔向北流。

撒网入水响，鱼儿跳进网，芦荻高高排成行。

陪嫁庶女都盛妆，护从媵臣也轩昂。

注释

一　硕人：美人。孟子说充实之谓美，充实而有光辉谓大。大人犹美人，女亦称"硕"。颀（qí）：身材修长的样子。衣：动词，穿着。锦：有花纹的衣服。褧（jiǒng）：古代女子的罩衫，用细麻做成。

二　齐侯：这里指齐庄公。子：此处指女儿。古代言子者，可以兼男女。卫侯：这里指卫庄公。

三　东宫：这里指齐太子得臣。因为太子居住东宫，所以东宫成为太子的代称。邢侯：邢国的国君。邢：国名，在今河北省邢台县。姨：妻子的姐妹。谭公：谭国的国君。谭国在今山东省历城县。私：古时候称姊妹的丈夫为私。

四　荑（tí）：初生的白茅草。凝脂：凝冻的脂膏，形容皮肤洁白。

五　领：脖子。蝤蛴（qiú qí）：天牛的幼虫，又名木蠹。身长，白色。瓠犀（hù xī）：葫芦籽。蓁（qín）：一种小蝉，额头广而方正。蛾：蚕蛾。其触须细长而弯曲。

六　巧笑：灵巧地笑。倩：笑的时候脸颊出现酒窝的样子。盼：眼睛转动出现黑白分明的样子。

七　敖敖：身材高的样子。说（shuì）：停下来整理衣冠。农郊：指卫国都城的郊外。

八　牡：鸟兽的雄性，四牡指驾车的四匹雄马。有骄：即骄骄，矫健的样子。朱幩（fén）：用红绸缠绕马嚼两旁来做装饰。镳镳：盛美的样子。镳名词作形容词。翟（dí）：山鸡，在这里指山鸡的羽毛。茀（fú）：古代车上的遮蔽物。朝：朝见，这里指庄姜和庄公相见。

九　夙退：早些退朝。无使君劳：不使卫君过于疲劳。

十　河：古代的河一般专指黄河。洋洋：水势盛大的样子。鲁诗作油油，洋、油一声之转，故可假油为洋。北流：黄河在齐西卫东，北流入海。活活：水流奔腾的样子，或形容水流声，如象声词"哗哗"。也作浯，水流声。

十一　施：设，撒开。罛（gǔ）：渔网。鲁诗又作"罟"，也训为渔网。濊濊（huò）：撒网入水的声音。鳣（zhān）：鲤鱼，一说为鳇鱼。鲔（wěi）：鳝鱼，一说为像鳣但是比鳣小的鱼。发发（bō）：鱼尾甩水的声音。葭（jiā）：芦苇。菼（tǎn）：荻草，芦苇类。揭揭：芦苇修长高大的样子。

十二　庶姜：众位陪嫁的姜姓女子。齐国是姜姓，陪嫁的都是同姓的女子，古人称为姪娣。孽孽（niè）：头饰华丽的样子，一说为形容女子长大美丽的样子。庶士：指齐国护送庄姜的诸臣。揭（qiè）：威武健壮的样子。

硕人敖敖，说于农郊。

四牡有骄，朱帻镳镳，翟茀以朝。

大夫夙退，无使君劳。

题 解

《诗序》说："《硕人》，闵庄姜也。庄公惑于嬖妾，使骄上僭。庄姜贤而不答，终以无子，国人闵而忧之。"此诗表达了对庄姜的赞颂和同情，庄姜贤惠美貌，但卫庄公宠爱嬖妾，令其僭越，国人因作此诗悲悯庄姜。

全诗分为四章，第一章用排比的修辞手法介绍了庄姜高贵的身份；第二章用比喻的手法对庄姜的外貌进行了细致的描写，并着重描绘了庄姜的手、肌肤、脖颈、牙齿、眉毛，在对这些外在之形做出描绘之后，又点出了庄姜美丽之神韵"巧笑倩兮，眉目盼兮"，真可谓是形神兼备，庄姜之美跃然纸上；第三章写庄姜出嫁时的车队威仪，马匹雄壮，车盖豪华，正与她高贵的身份相匹配；第四章是一幅画面感极强的情景描述，黄河水浩浩荡荡奔流而逝，渔夫们在乘船捕鱼，鱼儿们在渔网里欢快跳跃，岸上的芦苇随风摇曳，在这种动态的场景下，又有静态的人物陪衬，即那些盛装的陪嫁女子，那些英武的送嫁武士，动与静交织而成了一幅美丽的画卷。这一切使《硕人》成为描述美女的典范之作。而诗中描绘美人的句子："手如柔荑，肤如凝脂。领如蝤蛴，齿如瓠犀，螓首蛾眉。巧笑倩兮，美目盼兮。"比喻恰切，形象传神，更成为千古名句，为人们所乐道吟诵。

氓

氓之蚩蚩，抱布贸丝。 一
匪来贸丝，来即我谋。 二
送子涉淇，至于顿丘。 三
匪我愆期，子无良媒。 四
将子无怒，秋以为期。 五

乘彼垝垣，以望复关。 六
不见复关，泣涕涟涟。 七
既见复关，载笑载言。 八
尔卜尔筮，体无咎言。 九
以尔车来，以我贿迁。 十

桑之未落，其叶沃若。 十一
于嗟鸠兮！无食桑葚。 十二
于嗟女兮！无与士耽。 十三
士之耽兮，犹可说也。 十四
女之耽兮，不可说也。

桑之落矣，其黄而陨。^{十五}
自我徂尔，三岁食贫。^{十六}
淇水汤汤，渐车帷裳。^{十七}
女也不爽，士贰其行。^{十八}
士也罔极，二三其德。^{十九}

三岁为妇，靡室劳矣。^{二十}
夙兴夜寐，靡有朝矣。^{二十一}
言既遂矣，至于暴矣。^{二十二}
兄弟不知，咥其笑矣。^{二十三}
静言思之，躬自悼矣。^{二十四}

及尔偕老，老使我怨。^{二十五}
淇则有岸，隰则有泮。^{二十六}
总角之宴，言笑晏晏，
信誓旦旦，不思其反。^{二十七}
反是不思，亦已焉哉！^{二十八}

译 文

小伙老实又憨厚，抱着钱币来买丝。
原来不是真买丝，而是找我谈婚事。
送他渡过淇水去，来到顿丘不忍别。
不是我要误佳期，是你无媒失礼仪。
请你不要再生气，秋天请来把我娶。

爬上坍塌的土墙，遥向复关盼情郎。
望穿秋水不见人，涕泪涟涟有千行。
见到你从复关来，又说又笑心欢畅。
快去求神问过卦，卦无凶兆望神帮。
拉着车子赶过来，将我嫁妆搬回家。

桑叶繁盛未落时，叶子莹润有光泽。
小斑鸠呀小斑鸠，见了桑葚别嘴馋。
年轻单纯的姑娘，见了男子莫迷恋。
就算男子迷恋你，也可随时就脱身。
你若迷恋上男子，撒手摆脱难上难。

等那桑树叶儿落，叶子枯黄又憔悴。
自我嫁到你家来，多年贫寒日子苦。
淇水翻滚向前淌，水流沾湿车幕帘。
身为妻子我无过，夫君你却怀二心。
反复无常不专一，三心两意无道德。

嫁你多年为人妇，我把家事一肩挑。
早起晚睡勤劳作，埋头苦干非一朝。
家也有成已安定，却改面目施残暴。
兄弟不知我处境，见我回家哈哈笑。
静思默想苦难言，只有独自暗神伤。

曾想与你共白头，如今想来只生怨。
淇水虽宽终有岸，沼泽深深总有边。
年少之时未结发，你我说话笑容多，
山盟海誓犹在耳，谁料翻脸变冤家。
既已违反何必想，就此罢休各自宽！

注释

一　氓（méng）：民，人，这里指来求婚的男子。蚩蚩（chī）：敦厚老实的样子。布：钱币。贸：交易，交换。

二　匪：不是。

三　淇：淇水。位于河南省北部。顿丘：地名。

四　愆（qiān）：延误。良：好的。

五　将：请。

六　垝（guǐ）：毁坏。垣（yuán）：墙。复关：地名。下句不见复关是用居所名指代居住其中的人，也就是她所等待的男子。

七　涟涟：流泪不止的样子。

八　载笑载言：一边笑着一边说话。

九　尔：你。卜：古人用火灼龟甲，根据裂纹来预测吉凶。筮：用蓍草占卜休咎或卜问疑难的事，占卦。体：卦象。咎言：灾祸，不幸之事。

十　贿：钱财。这里应该指嫁妆。迁：这里指出嫁搬至夫家。

十一　沃若：形容桑树叶繁茂莹润的样子。

十二　鸠：鸟名，鹘鸠。似山雀而小，尾短，青黑色，多声。

十三　耽（dān）：玩乐；沉湎。

十四　说：同"脱"，解脱。

十五　陨：掉落。

十六　徂：去，往，指出嫁。

十七　汤汤（shāng）：江水翻滚奔腾的样子。渐：溅湿，浸湿。
帷裳：妇人车上的挂饰。

十八　爽：差错。贰：同"二"，前后行事不一，怀有二心。

十九　罔极：反复无常。罔：无。极：中，中正的准则。二三：
作动词，表示反复变化。

二十　靡：没有。靡室劳矣：不为家室劳神。

二十一　夙：早早地。兴：起床。靡有朝矣：没有一天不这样。

二十二　言：语助词。遂：长久。暴：残酷，暴戾。

二十三　咥（xì）：笑，讥笑。

二十四　静：安静地。躬：自身。悼：哀伤。

二十五　及：与，和。偕老：白头到老，夫妻终生为伴。

二十六　泮：河畔。隰：（xí）：低湿的地方。

二十七　总角：发髻。晏晏：形容笑容和美。反：违反。

二十八　已：止。焉、哉：感叹语，表示无奈。

题 解

　　《诗序》说："《氓》，刺时也。宣公之时，礼义消亡，淫风大行，男女无别，遂相奔诱。华落色衰，复相弃背。或乃困而自悔，丧其妃耦，故序其事以风焉。美反正，刺淫泆也。"这是一首弃妇诗。卫宣公时，礼义衰亡，民风不正，男女相背弃者多，国史以为此诗可对当时的淫泆风气起到讥刺作用。

　　此为三百篇中弃妇诗的代表作，在叙事手法与情感刻画上有很高的艺术成就，是一首夹杂着抒情的叙事诗。诗篇完整叙述了女子与"氓"从相识相恋到被弃的过程，字里行间透露出女主人公的沉痛、心酸与反思。

　　全诗共六章，第一章写男子来女方家求亲的情形，因为男子没有良媒，所以女子不能按照男子所希望的婚期出嫁，男子因此而气恼，女子则在一旁柔声相劝。其实在这里已经反映出在两人的男女关系中，女方迁就男方的萌芽。在当时的社会生活中，男子去女方家求亲却没有媒人，说明男子家庭贫寒，但女子却没有嫌弃男子。在第二章中，女子每天在城墙上眺望复关，看不到男子便心酸落泪，看到男子便笑逐颜开，这无一不在说明女子对男子的一往情深。女子终于带着嫁妆嫁给了男子，而等待她的是什么？是她希望的那种甜蜜生活吗？第三章没有叙事，而是插入了女子的内心独白，女子似是感叹地诉说了男女在爱情中的态度，似是自言又似是劝诫得对天下所有姑娘们说，不要深陷爱情而无法解脱。这里我们可以看出女子在感情方面的觉悟。然而她到底经历了什么才会有这样的觉悟？第四、第五章便讲述了女子的婚姻生活。一位漂亮的少女嫁到贫寒的夫家，用自己的嫁妆补贴家用，不仅如此自己还从早到晚的劳作。多年之后，家庭生活状况有所改善，而这种辛苦劳作的生活也摧残了女子的容颜。男子却在此时变心，暴虐地对待女子。女子委屈至极，想回家寻找些安慰，却被家里的兄弟耻笑，她的辛酸与痛苦竟无人理解。女子万般无奈，只能独自伤神，想到两人曾经的誓言，真是一种莫大的讽刺，既然男子已经背弃誓约，那自己又何必再遵守呢，一切就这样算了吧。正如《白头吟》中的诗句"闻君有两意，故来相决绝。"

竹竿

籊籊竹竿，以钓于淇。¹
岂不尔思？远莫致之。²

泉源在左，淇水在右。³
女子有行，远兄弟父母。⁴

淇水在右，泉源在左。
巧笑之瑳，佩玉之傩。⁵

淇水滺滺，桧楫松舟。⁶
驾言出游，以写我忧。⁷

译文

竹竿细又长，钓鱼淇水上。
怎么可能不思乡，只怪路远难还乡。

泉水源头在左边，淇水奔流在右边。
女子远嫁了，远离父母和弟兄。

淇水奔流在右侧，百泉流淌在左边。

巧笑倩兮露皓齿，行动婀娜佩玉摇。

淇水悠悠慢流淌，桧木船桨摇松舟。

驾起船儿去漂流，以此解我心中忧。

注释

一　鬈（tì）：细长貌。一说为光滑的样子。

二　不尔思：即不思尔。致：达到。一说"尔"指代故乡和亲人。

三　泉源：即百泉，在卫的西北，东南流入淇水；淇水在卫的西
　　南，东流与泉源合。一说作者借家乡的两条河水寄以眷念
　　之情。

四　行：指出嫁。

五　瑳（cuō）：玉色洁白的样子。傩（nuó）：行有节度，即
　　婀娜。

六　悠悠（yōu）：水流貌，鲁诗作"油"。桧（guì）：木名。
　　楫：船桨。

七　驾：驾船。言：通焉。写：同"泻"，宣泄。

淇水在右，泉源在左。
巧笑之瑳，佩玉之傩。

题 解

　　《诗序》说："《竹竿》，卫女思归也。适异国而不见答，思而能以礼者也。"本诗是写卫女远嫁他国，思念家乡但又能谨守礼法而不回故国之诗。朱熹说："卫女嫁于诸侯，思归宁而不可得，故作是诗。言思以竹竿钓于淇水，而远不可至。"

　　关于本篇作者，或认为是许穆夫人所作，或疑为媵和夫人之词，皆无确证，当从《诗序》，不必确指。全诗分为四章，第一章似是出嫁的女子对昔日生活的追忆，女子曾在淇水之上垂钓；第二章表述女子出嫁远离父母兄弟的事实；第三章以他人的叙述视角来描绘出嫁女子的美丽；第四章再言女子绵延无尽的忧愁。此诗语言凝练含蓄，意境蕴藉清新，表达了缠绵的思乡之情。

河广

谁谓河广？一苇杭之。^一
谁谓宋远？跂予望之。^二

谁谓河广？曾不容刀。^三
谁谓宋远？曾不崇朝。^四

译文

谁说黄河很宽广？一根芦苇能渡河。
谁说宋国很遥远？踮起脚跟就能见。

谁说黄河很宽广？一条小船都不容。
谁说宋国很遥远？一个早晨就能到。

注释

一　一苇杭之：用一片苇叶就能渡过河。杭：渡也。

二　跂（qì）：踮起脚跟。或作"企"，跂、企古通用。予：而。
　　一说为我。

三　曾：竟。刀：同"舠"，小船。

四　崇朝：终朝。指从天亮到吃早饭的一段时间。

题 解

《诗序》说："《河广》，宋襄公母归于卫，思而不止，故作是诗也。"这是宋襄公母亲思念宋国之诗。

公元前661年，北狄灭卫，宋襄公的母亲见国破君亡，意欲归卫抗狄救国，宋桓公不允，宋襄公母亲执意救卫，宋桓公遂遣送归卫。宋襄公的母亲在卫国成功救亡，但她却再无法返回宋国。宋襄公在宋国的西部边境襄邑北城（今商丘）修筑了望母台。公元前638年宋襄公在望母台行宫驾崩，依其遗嘱葬于望母台上。今睢县有宋襄公公园和望母台遗迹。

诗歌运用了夸张的手法，"一苇杭之""跂予望之""曾不容刀""曾不崇朝"虽然言过其实，但却景假情真，将诗人迫切的心情抒发了出来，极富艺术感染力。

伯兮

伯兮朅兮，邦之桀兮。^一
伯也执殳，为王前驱。^二

自伯之东，首如飞蓬。^三
岂无膏沐？谁适为容！^四

其雨其雨，杲杲出日。^五
愿言思伯，甘心首疾！^六

焉得谖草，言树之背？^七
愿言思伯，使我心痗！^八

译文

夫君英猛又威武，保家卫国是英雄。
丈二长殳拿在手，为王出征打前锋。

自从夫君往东行，无心梳洗发蓬松。
润发洗头哪样缺？不知为谁修仪容！

好比久旱盼甘霖，偏偏又是艳阳天。

想着念着我夫君，痛在头来苦在心！

哪里去找忘忧草？我要将它种屋北。

魂牵梦萦我夫君，心痛难解意难通！

注释

一　伯：排行老大的男子，此处指女子的丈夫。一说为州伯，一
　　说为君子的字。朅：勇武。桀：同"傑"，杰出，才能过人。

二　殳（shū）：古代兵器名，长丈二而无刃，是戟柄一类的兵
　　器。前驱：前锋。

三　之：往。飞蓬：被风吹起的蓬草，形容头发乱。

四　膏：润发油。沐：洗头。适：同"悦"，喜悦。谁适：适谁。

五　其：语助词。杲杲（gǎo）：太阳出来，明亮的样子。

六　愿：思念。甘心：情愿。首疾：头疼。

七　焉：何。谖草：即萱草，俗称黄花菜，古人以为得到此草，
　　可以忘忧。树：种植。背：同"北"，北堂。

八　痗（mèi）：病。

自伯之东，首如飞蓬。
岂无膏沐？谁适为容！

题解

《诗序》说："《伯兮》，刺时也。言君子行役，为王前驱，过时而不反焉。"此诗描绘了女子思念从周王伐郑的丈夫，采诗者认为此篇可对统治者的徭役无期起到讽劝作用。《春秋经·桓公五年》说："秋，蔡人、卫人、陈人从王伐郑。"此诗大概说的就是这一年的事情。这是《国风》里一首很美的思妇之诗。王先谦曰："伯以卫国大夫，入为王朝之中士，妻从夫在王国，故因行役之久而思之。"

全诗共四章，首章女子以很自豪的口吻叙述了丈夫的英雄形象。第二章写自丈夫东征之后，自己懒于梳妆，所谓"女为悦己者容"，没有丈夫在身旁，那么自己的美丽又给谁欣赏呢？第三章写女子思念丈夫的缠绵心情，其中"愿言思伯，甘心首疾"的创作手法影响了后世一大批的文学创作，柳永"衣带渐宽终不悔，为伊消得人憔悴"便是承袭此句而来。第四章写女子的相思之苦，苦到极致，有时恨不得能找到忘忧草种满心间，暂时缓解自己的相思之苦，相思越浓，心痛越深。诗歌篇幅不长，但层层递进，句短情浓，情感深挚，刻画出相思之情的刻骨铭心，令读者动容。

有狐

有狐绥绥，在彼淇梁。[一]
心之忧矣，之子无裳。[二]

有狐绥绥，在彼淇厉。[三]
心之忧矣，之子无带。[四]

有狐绥绥，在彼淇侧。
心之忧矣，之子无服。[五]

译文

狐狸缓缓走，在那淇水河梁上。
忧虑又悲伤，没人给他做下裳。

狐狸缓缓走，在那淇水河岸上。
忧虑又悲伤，没人给他做衣带。

狐狸缓缓走，在那淇水河侧面。
忧虑又悲伤，没人给他做衣衫。

注释

一　绥绥：独行求匹，缓缓行走的样子。梁：河梁。

二　裳：下衣。此句是说我心里担忧的是，没有妻子为他做下衣。

三　厉：河岸。

四　带：衣带。

五　服：衣服，上衣。言无室家，若人无衣服。

题解

《诗序》说："刺时也。卫之男女失时，丧其妃耦焉。古者国有凶荒，则杀礼而多昏，会男女之无夫家者，所以育人民也。"这是一首表现男子因没有配偶而生活艰难之诗，讽刺了卫国领导人不关心百姓的婚配问题。

此诗以独自行走在淇水之滨的狐狸起兴，描述了一个没有妻子的男子生活艰难。朱熹甚至认为此是女子欲嫁单身男子："国乱民散，丧其妃耦。有寡妇，见鳏夫而欲嫁之。故托言有狐独行。而忧其无裳也。"后世亦有学者认为这是一首女子忧虑长久在外的丈夫无衣无裳之诗。全诗共三章，以狐狸起兴，当女子看到狐狸时便联想到了自己在外的丈夫，无衣无裳，不知他过得怎么样，抒发了她的思念之情。

木瓜

投我以木瓜，报之以琼琚。^一
匪报也，永以为好也。^二

投我以木桃，报之以琼瑶。^三
匪报也，永以为好也。

投我以木李，报之以琼玖。^四
匪报也，永以为好也。

译 文

你把木瓜赠给我，我以佩玉来回报。
不是仅仅为回报，而是愿与你长好。

你把木桃赠给我，我以美玉来回报。
不是仅仅为回报，而是愿与你长好。

你把木李赠给我，我以美玉来回报。
不是仅仅为回报，而是愿与你长好。

注 释

一 投：赠送。木瓜：树名，果实可食。报：报答，回礼。琼琚
（qióng jū）：美玉名，古代男子所佩玉名。

二 匪：通"非"，不是。

三 琼瑶：美玉名，也是古代男子所佩玉名。

四 琼玖：美玉名。玖音久，黑色玉。也是古代男子所佩玉名。

题 解

《诗序》说："木瓜，美齐桓公也。卫国有狄人之败，出处
于漕，齐桓公救而封之，遗之车马器服焉。卫人思之，欲厚报
之，而作是诗也。"《史记·齐太公世家》载，齐桓公二十八年，
"卫文公有狄乱，告急于齐。齐率诸侯城楚丘而立卫君。"齐桓
公救助了被狄人所攻破的卫国，因此卫人欲报答恩情而作了此
诗。但后人多不从《诗序》。有断定此诗为情诗的，比如朱熹
就疑此为"男女相赠答之词"，也有人说这是朋友之间相互赠
答的，姚际恒说："然以为朋友相赠答亦奚不可，何必定是男
女耶！"此诗大意是你把木瓜、木桃、木李赠给我，我以琼琚、
琼瑶、琼玖来回报。这样的感情不可谓不深厚。总的来看，此
诗语言质朴明朗，格调轻松愉快，表现了感情的纯洁与坚贞。

王风

　　《王风》是指产生于周代东都王城一代的诗歌，共留存 10 首诗。顾炎武《日知录》说："邶、鄘、卫、王列国之名，其始于成康之世乎……太师陈诗大观民风，其采于商之故都者则系之邶、鄘、卫，其采于东都则系之王。"东都在今天的洛阳一带。

黍离

彼黍离离，彼稷之苗。^一
行迈靡靡，中心摇摇。^二
知我者，谓我心忧。^三
不知我者，谓我何求。^四
悠悠苍天，此何人哉！^五

彼黍离离，彼稷之穗。^六
行迈靡靡，中心如醉。^七
知我者，谓我心忧。
不知我者，谓我何求。
悠悠苍天，此何人哉！

彼黍离离，彼稷之实。^八
行迈靡靡，中心如噎。^九
知我者，谓我心忧。
不知我者，谓我何求。
悠悠苍天，此何人哉！

译 文

那里黍子真茂密，那里稷子刚成苗。

行道迟迟回故地，无处诉说心中急。

如果真的了解我，知我心中有忧愁。

如果真的不知我，问我要把什么求。

悠悠青天远在上，是谁害我离故土！

那里黍子真茂密，那里稷子已抽穗。

行道迟迟回故地，心中忧愁如喝醉。

如果真的了解我，知我心中有忧愁。

如果真的不知我，问我要把什么求。

悠悠青天远在上，是谁害我离故土！

那里黍子真茂密，那里稷子已成熟。

行道迟迟回故地，忧愁深重难喘息。

如果真的了解我，知我心中有忧愁。

如果真的不知我，问我要把什么求。

悠悠青天远在上，是谁害我离故土！

注释

一　黍（shǔ）：一种谷物的名称，一说为黄黏米，一说为小米。

　　稷：谷物名称，粟，即黄米，一说指高粱。离离：一行行，
　　长得密密麻麻的样子。

二　行迈：远行。靡靡：缓慢的样子。中心：即心中。摇摇：忧
　　虑没有办法诉说。三家诗作"愮"，"摇"是"愮"的假借字。
　　一说为恍惚不安，无所适从之义。

三　知：了解。

四　求：指奢求，非分之求。

五　悠悠：遥远、高远。苍天：青天。此何人哉：这是谁造成的
　　啊？此指悲痛的处境，人指周平王。一说此指苍天。"人"读
　　为"仁"，意思是苍天不仁爱。

六　穗：秀。

七　如醉：心中忧愁，好像喝了酒一样烦乱。

八　实：指庄稼结籽成熟。

九　如噎（yē）：忧愁深重，就像食物塞住喉咙，让人喘不上
　　气来。

题 解

　　《诗序》说："《黍离》，闵宗周也。周大夫行役至于宗周，过故宗庙宫室，尽为禾黍。闵周室之颠覆，彷徨不忍去，而作是诗也。"这是周平王东迁后，周大夫返回镐京，见宗周宫室荒芜，而所写的一首叹息宗周倾覆之诗。朱熹说："赋其所见黍之离离与稷之苗，以兴行之靡靡心之摇摇。既叹时人莫识己意，又伤所以致此者，果何人哉，追怨之深也。"此诗由物及情，寓情于景，"知我者，谓我心忧；不知我者，谓我何求"循环反复的运用，表达了主人公绵绵不尽的故国之思和凄怆无已之情。方玉润《诗经原始》说："三章只换六字，而一往情深，低徊无限。此专以描摹虚神擅长，凭吊诗中绝唱也。"说出了这首诗的特色所在。

君子于役

君子于役，不知其期，曷至哉？^一
鸡栖于埘，日之夕矣，羊牛下来。^二
君子于役，如之何勿思！

君子于役，不日不月，曷其有佸？^三
鸡栖于桀，日之夕矣，羊牛下括。^四
君子于役，苟无饥渴。^五

译文

夫君服役在远方，不知何时才结束，何时才能回故乡？
鸡已栖息在窝里，日落西山天色晚，牛羊已经回来了。
夫君服役在远方，叫我如何不想他！

夫君服役在远方，无月无日无归期，何时才能再相聚？
鸡儿栖息木桩上，日落西山天色晚，羊牛已经回来了。
夫君服役在远方，愿他不受饥与渴。

注释

一　君子：古时候对男子的美称，这里指女子的丈夫。于役：从事兵役或徭役。期：归期。曷：何。

二　塒（shí）：凿垣为鸡窝曰塒。亦指在墙上凿的鸡窝。

三　佸（huó）：会面；聚会。

四　桀（jié）：亦作"榤"，小木桩。括：至。

五　苟：且。

题解

《诗序》说："《君子于役》，刺平王也。君子行役无期度，大夫思其危难以风焉。"此为思妇怀念征人之诗，国史以为周大夫用以讽刺周平王时期的徭役无度。

此诗语言简洁，却勾勒出一幅极美的暮色乡村画卷。夕阳西下，远方的天地间暮色苍然，女子的农家小院也被这寂寂暮色所笼罩着。牛羊入圈、家禽入窝，一天的劳作结束了，此时正是家家炊烟升起，和乐团圆的时候，女子却想起在远方服役且不知归期的丈夫，孤寂、忧思之感油然而生。女子之思情与黄昏之寂色完美交融在一起，情融于景内，景更衬托情思，这种凄美的境界使人读来亦觉苦涩。

君子阳阳

君子阳阳，左执簧，右招我由房，其乐只且！ ⁻

君子陶陶，左执翿，右招我由敖，其乐只且！ ⁼

译文

君子歌舞心欢畅，左手拿着多管簧，右手招我入乐宫，我的心里喜洋洋！

边歌边舞乐陶陶，左手拿起旌旄摇，右手招我同他玩，我们快乐又逍遥！

注释

一　阳阳：高兴，喜，意气扬扬的样子。韩诗"只"作"旨"。

二　陶陶：快乐的样子。翿（dào）：同纛，此处指羽毛做的旗子。

　　敖：游，游玩。

题 解

《诗序》说："《君子阳阳》，闵周也。君子遭乱，相招为禄仕，全身远害而已。"这是一首遭逢乱世，避身远害，寄情歌舞之诗。君子遭逢乱世，只好全身远害，不再追求政治理想，以歌舞为乐。朱熹说："君子以贱为乐，则其贵者不可居也。虽有贵位而君子不居，则周不可辅矣。此所以闵周也。"

另有学者认为这是舞师与乐工共舞之诗，诗中的乐器"簧""翿"之类都是乐工专有，且"由房""由敖"等是在讲跳舞时的规则，由此可知跳舞之人具有专业的音乐素养。周代天子在庙堂和寝室内都有专职的舞师和乐工来表演舞乐，故说是舞师乐工共舞之诗。

中谷有蓷

中谷有蓷，暵其干矣。[一]
有女仳离，嘅其叹矣。[二]
嘅其叹矣，遇人之艰难矣！[三]

中谷有蓷，暵其修矣。[四]
有女仳离，条其啸矣。[五]
条其啸矣，遇人之不淑矣！[六]

中谷有蓷，暵其湿矣。[七]
有女仳离，啜其泣矣。[八]
啜其泣矣，何嗟及矣！[九]

译文

山谷长有益母草，天干气燥草干枯。
有女流离被遗弃，慨然长叹心苦恼。
内心苦恼长叹息，嫁个好人实艰难！

山谷长有益母草，天干气燥草干枯。

有女流离被遗弃，仰天长啸心中悲。
仰天长啸长叹息，嫁人不善多苦恼！

山谷长有益母草，天气干燥湿难保。
有女流离被遗弃，呜咽悲泣心中痛。
呜咽悲泣心中痛，追悔莫及叹也空！

注释

一　中谷：谷中。蓷（tuī）：草药，又名益母草。暵（hàn）：
　　干燥。

二　佄（pǐ）：别。嘅（kǎi）：叹息声。

三　艰难：穷厄。

四　修：本指肉干，此处指草干枯。

五　条：深长。啸：悲啸之声。

六　淑：善。

七　湿：“曝（qī）”的假借，将要晒干。

八　啜（chuò）：哭泣的样子。

九　嗟：叹息声。

中谷有蓷，暵其干矣。

有女仳离，嘅其叹矣。

嘅其叹矣，遇人之艰难矣！

题 解

《诗序》说：“《中谷有蓷》，闵周也。夫妇日以衰薄，凶年饥馑，室家相弃尔。”

这是一首在社会衰败、生活日益艰难之时悲悯弃妇投告无门的诗歌。诗悲悯周朝风气衰败，夫妇之情日益衰薄，遭遇饥馑即相互离弃，讽刺了夫妇之道之不长久。采诗者认为据此一诗可窥见整个社会的风气，这正如朱熹所言：“故读诗者，于一物失所，而知王政之恶；一女见弃，而知人民之困。”其中从“有女仳离”一句可知诗人并非是诗中的女子，诗人是以旁观者的视角对所见所感进行了描述。诗人的感情由“叹”至“啸”至“泣”，呈现出一种递进趋势，感情由浅至深，对读者有极大的感染力。

兔爰

有兔爰爰，雉离于罗。^一

我生之初，尚无为。^二

我生之后，逢此百罹，尚寐无吪！^三

有兔爰爰，雉离于罦。^四

我生之初，尚无造。^五

我生之后，逢此百忧，尚寐无觉！

有兔爰爰，雉离于罿。^六

我生之初，尚无庸。^七

我生之后，逢此百凶，尚寐无聪！^八

译文

野兔缓慢跑，野鸡落进网。

我刚出生那几年，既无战乱又无灾。

自我出生后几年，开始遭受种种难，但愿长睡不醒来！

野兔缓慢跑，野鸡落进网。

我刚出生那几年，既无战乱又无灾。

自我出生成长后，开始遭受种种愁，但愿长睡不醒来！

野兔缓慢跑，野鸡落进网。

我刚出生那几年，既无劳役又无灾。

自我出生成长后，遭受祸害逢百凶，但愿长睡无听觉！

注 释

一　爰爰（yuán）：缓慢的样子。罗：网。

二　尚：尚且。

三　罹（lí）：忧。吪（é）：动。

四　罦（fú）：覆车，捕鸟的网。

五　造：为。

六　罿（chōng）：捕鸟网。

七　庸：劳，病也。

八　百凶：多种灾难。聪：听到。

有兔爱爱，雉离于罗。

我生之初，尚无为。

我生之后，逢此百罹，尚寐无吪！

题 解

《诗序》说："《兔爰》，闵周也。桓王失信，诸侯皆叛，构怨连祸，王师伤败，君子不乐其生焉。"因周桓王失信，诸侯背叛，周王室与诸侯交恶，连年征战，祸患连连，人民生活困苦，了无生趣。君子目睹此情景，感到十分痛苦，生无可恋，因而悲悯周道之沦丧。

全诗共三章，每章的前两句意在说明逢此乱世，君子受祸，小人独免。此诗用"有兔爰爰"起兴，将"我生之初"的平安喜乐与"我生之后"的灾祸频繁进行了对比。两个时段，生活环境却截然不同，诗人以强烈的反差衬托出身处乱世之痛。此诗风格悲凉，反覆吟唱诗人的忧思，体现出乱世之音的哀苦无告，方玉润曰："词意凄怆，声情激越。"

采葛

彼采葛兮，一日不见，如三月兮。^一
彼采萧兮，一日不见，如三秋兮。^二
彼采艾兮，一日不见，如三岁兮。^三

译文

那个采葛的人啊，一天不能见，如隔三月啊。
那个采蒿的人啊，一天不能见，如隔三秋啊。
那个采艾的人啊，一天不能见，如隔三年啊。

注释

一　彼：那个。葛：植物名，纤维可以织布，即绨绤。绨绤指葛
　　布衣服，精曰绨，粗曰绤。

二　萧：一种古时候用来祭祀的植物，蒿草，有香气，可以供祭
　　祀用。秋：此处指一季。

三　艾：植物名，艾蒿，可以用来针灸疗疾用。岁：年。

题 解

　　《诗序》说:"《采葛》,惧谗也。桓王之时,政事不明,臣无大小使出者,则为谗人所毁,故惧之。"即此诗讽刺了周桓王时谗言当道,贤臣不得重用,不能与君王沟通。

　　全诗三章,简短而又回环往复,每章虽只有个别字发生了变化,采集对象由葛变为萧、艾,思念之感由三月变至三秋、三岁,但其思念之情却表达得的越来越浓烈。这种强烈的相思之情,也许只有深陷爱情之中的男女之间才会有。加之其韵律简洁优美,读之朗朗上口,使其成为后世表述相思之情的典范。方玉润《诗经原始》说:"雅韵欲流,遂成千秋佳语。"

　　关于诗旨,也有人以为是"淫奔"之诗,或者是"怀友"之诗。

大车

大车槛槛，毳衣如菼。 ^一
岂不尔思？畏子不敢。 ^二

大车啍啍，毳衣如璊。 ^三
岂不尔思？畏子不奔。 ^四

穀则异室，死则同穴。 ^五
谓予不信，有如皦日！ ^六

译文

大车声槛槛，皮衣色如菼。
哪里不曾思念你？只是担心你不敢。

大车行缓缓，做衣色如璊。
哪里不曾思念你？出奔怕你不相从。

生时不能在一起，死后一定同穴葬。
你若不信我之言，就让太阳来作证！

注释

一　大车：大夫坐的车子。槛槛（kǎn）：车行声，即车轮滚动的声音。毳（cuì）衣：有鸟兽皮毛制成的衣服。菼（tǎn）：初生的芦荻，在此用来形容嫩绿色。

二　岂不尔思：即岂不思尔。尔指车上穿着毳衣的男子，与下句的"子"指的是同一人，是女子爱恋的男子。畏：担心，担忧。

三　啍啍（tūn）：车行又重又缓慢的样子。一说车行时发出的沉重声音。璊（mén）：本义为红玉，这里指红色。

四　奔：私奔。

五　榖（gǔ）：生，活着。异室：不同室，指不能生活在一起。穴：坟墓。

六　信：守信，指信守承诺。如：像，就像。皦（jiǎo）：白。

题解

《诗序》说："《大车》，刺周大夫也。礼义陵迟，男女淫奔，故陈古以刺今大夫不能听男女之讼焉。"周礼毁坏，世风衰败，周大夫不能制止男女私奔，故诗人陈此以讥刺。

诗的本义，当是描写女子热恋情人，强烈渴望和他在一

大车槛槛，毳衣如菼。
岂不尔思？畏子不敢。

起。全诗三章，第一章写女子之忧虑，担心男子不敢大胆示爱。第二章言女子担心男子不敢相从。第三章女子情感完全迸发，发誓要与男子生死相依。客观看来，"榖则异室，死则同穴"表达了对爱情的无限忠贞之情。

郑风

　　《郑风》是产生于郑国的诗，共有 21 首。郑原在
陕西华县境内，后因郑武公平叛有功，随平王到东
都，郑也就迁到了今河南新郑一带。今所见《郑风》
即是采自新郑一带的诗歌。

将仲子

将仲子兮，无逾我里，无折我树杞。
岂敢爱之？畏我父母。
仲可怀也，父母之言，亦可畏也。

将仲子兮，无逾我墙，无折我树桑。
岂敢爱之？畏我诸兄。
仲可怀也，诸兄之言，亦可畏也。

将仲子兮，无逾我园，无折我树檀。
岂敢爱之？畏人之多言。
仲可怀也，人之多言，亦可畏也。

译文

仲子听我讲，不要翻里墙，不要折我家杞树。
哪里是吝啬这杞树？是担心父母来责骂。
心中有仲子，父母说的话，心里有点怕。

仲子听我讲，不要翻我墙，不要折我家桑树。

哪里是吝啬这桑树？是担心哥哥的阻挡。

心中有仲子，兄弟们的话，心里有点怕。

仲子听我讲，不要越我园，不要折我家檀树。

哪里是吝啬这檀树？是唯恐众人说闲话。

心虽有仲子，奈何别人要多话，心里有点怕。

注 释

一　将（qiāng）：请。一说为男子的字，一说为亲密称呼。仲子：
犹言老二，古时称兄弟排行第二个为仲，子是对男子的美称。
踰（yú）：越过。里：古时候以二十五家为一里。折：折断。
杞（qǐ）：木名。

二　之：指仲子。

三　怀：怀念。

四　桑：桑树。

五　园：园子。檀：木名，皮青，滑泽，材强韧，可为车。

将仲子兮，无窬我里，无折我树杞。

岂敢爱之？畏我父母。

仲可怀也，父母之言，亦可畏也。

题 解

《诗序》说："《将仲子》，刺庄公也。不胜其母，以害其弟，弟叔失道而公弗制，祭仲谏而公弗听，小不忍以致大乱焉。"《左传·隐公元年》载有"郑伯克段于鄢"之事，郑庄公为周朝卿士，同母弟共叔段因得母亲宠爱而骄慢无礼，终至叛乱，后死于他国。而郑庄公面对共叔段的屡次犯错，不能制止，又不听祭仲的劝谏，最终酿成了祸乱，因而诗人借以讽刺他。后世学者有人认为这是一首女子拒绝情人的诗。

如果把这首诗理解为爱情诗的话，和《诗经》其他诗有所不同。《国风》中有一些爱情诗，大多表现出女子追求爱情的义无反顾，很少有与男子相爱却因为恪守"礼"而拒绝男子的诗。此诗中的女子虽然与仲子相爱，但因畏惧父母、兄弟及族人，故不肯再与仲子偷偷私会。

此诗的特点是心理描写细致入微，女子一边爱着男子，一边却又迫于世俗的压力而不得不劝诫男子不要再来，在这种独白式的咏叹中，女子婉转委屈而又矛盾的心理淋漓尽致地呈现于读者面前。

羔裘

羔裘如濡，洵直且侯。^一
彼其之子，舍命不渝。^二

羔裘豹饰，孔武有力。^三
彼其之子，邦之司直。^四

羔裘晏兮，三英粲兮。^五
彼其之子，邦之彦兮。^六

译文

羔羊皮袍色润泽，衣者正直又美好。
他是这样一个人，舍命也不变节操。

羔羊皮袍饰豹皮，衣者勇武又有力。
他是这样一个人，能为国家持公道。

羔羊皮袍光又鲜，三道豹饰色更妍。
他是这样一个人，真是国家的贤才。

注释

一　羔裘：羔羊皮袍。濡：润泽。洵：确实。直：正直。侯：君也。一说美也。

二　彼：那，那个。其：语助词。之子：这个人。彼其之子：指他那个人。舍：舍弃。渝：改变。

三　豹饰：以豹皮为装饰。指羊羔皮袍袖口上装饰着豹皮。孔：很。武：威武。

四　邦：邦国，国家。司直：主持公道。一说，官名，掌管劝谏君主过失。

五　晏：鲜盛的样子。三英：三德。指刚克，柔克，正直。一说为裘饰。粲：鲜明灿烂。一说，多，众。

六　彦：士的美称。

题 解

　　《诗序》说："《羔裘》，刺朝也。言古之君子以风其朝也。"这是一首借赞美古代美好官吏来讽刺郑国朝廷无人的诗。郑庄公之后，贤人被弃，国无忠正之臣，故诗人借古以讽今。诗歌以羔裘起兴，描绘了一位正直勇敢、美名远扬的优秀官员形象。诗歌语言简洁形象，如"舍命不渝""孔武有力"等成语沿用至今。

女曰鸡鸣

女曰鸡鸣，士曰昧旦。^一
子兴视夜，明星有烂。^二
将翱将翔，弋凫与雁。^三

弋言加之，与子宜之。^四
宜言饮酒，与子偕老。^五
琴瑟在御，莫不静好。^六

知子之来之，杂佩以赠之。^七
知子之顺之，杂佩以问之。^八
知子之好之，杂佩以报之。^九

译文

女说鸡已鸣，男说天未亮。
你快起身看夜色，启明星儿光灿灿。
群鸟飞过长夜空，射些野鸭与大雁。

射中野雁和大雁，与你同享此佳肴。

菜肴美味可配酒，白头偕老百年长。
弹奏琴瑟声和鸣，夫妇和乐且安好。

知道你将要到来，赠你杂佩表我爱。
知你温顺又体贴，赠你杂佩慰劳你。
知你对我情谊深，赠以杂佩报答你。

注 释

一 士：男子的通称。昧旦：天快亮的时候。昧：晦。旦：明也。
一说昧当作未。未旦，天未亮。

二 子：你。兴：起。视夜：看夜色。明星：启明星。烂：明亮、
灿烂。

三 将：助词。翱、翔：本指鸟飞，此处指人外出。翱：敖也，言
敖游也。翔：佯也，言仿佯也。弋：以生丝作绳，系在箭上射
鸟，称为弋。凫（fú）：野鸭子，如鸭，青色，背上有纹。

四 言：语助词。一说为我。一说言读为焉，而也。加：加之。
指箭加于鸟身，即射中。

五 宜：可口。

女曰鸡鸣，士曰昧旦。

子兴视夜，明星有烂。

将翱将翔，弋凫与雁。

六 琴瑟：古乐器名，皆弦乐器。御：弹奏。静好：指和睦友好。
　　静："靖"的假借字。靖：善也。

七 来：到来。一说通勑，劳也，即辛苦。杂佩：古时候用玉组
　　成的配饰，如珩、璜、琚、瑀、冲牙之类。赠：送。

八 顺：顺从。问：慰劳。一说同"遗"，赠送。

九 好：喜爱。报：报答。

题 解

　　《诗序》说："《女曰鸡鸣》，刺不说德也。陈古义以刺今，
不说德而好色也。"郑国领导人不好德而好色，国人陈述古代贤
士德行以讥刺。采诗者认为此诗体现了古代贤人好德不好色的
品质，可以对当朝的好色统治者起到儆戒作用。

　　这是一首借古讽今的诗，展现的是夫妻日常生活的片段。
此诗描绘出夫妻琴瑟和谐，相敬如宾的美好情形。诗歌选取了
"晨起"这一场景，通过夫妻对话的形式，表现了诗人对青年
夫妇和睦生活、诚笃感情的赞美。诗中人物对话生动，情趣盎
然，语言表达出小儿女之间那种沉浸于爱情之中难舍难分的情
感，细细品读则有身临其境之感。

有女同车

有女同车，颜如舜华。^一

将翱将翔，佩玉琼琚。^二

彼美孟姜，洵美且都！^三

有女同行，颜如舜英。^四

将翱将翔，佩玉将将。^五

彼美孟姜，德音不忘！^六

译文

姑娘与我同乘车，美艳犹如木槿花。

体态轻轻欲翱翔，美玉琼琚身上挂。

美丽姜家大女儿，确实娴淑又文雅！

姑娘与我一同行，美艳犹如木槿花。

体态轻轻欲翱翔，身上玉佩声锵锵。

美丽姜家大女儿，德行声誉永流传！

注释

一　舜：木槿，鲁诗作"薜"。华：花。

二　翱、翔：指遨游。琼琚：此处言玉声和谐，行步中节也。琼、琚皆为美玉名。

三　孟：排行老大。姜：齐国姜姓。洵：确实，实在。都：娴淑美好。

四　行：道也。英：花。

五　将将：即"锵锵"，象声词，鲁诗作"锵"。

六　德音：德行声誉。不忘：此处指不忘德音，言其贤。

题 解

《诗序》说："《有女同车》，刺忽也。郑人刺忽之不昏于齐。太子忽尝有功于齐，齐侯请妻之。齐女贤而不取，卒以无大国之助，至于见逐，故国人刺之。"郑国太子忽曾在北戎入侵时救援齐国，齐僖公有意将女儿嫁给太子忽，忽婉拒。国人借此诗讥刺太子忽失去大国之助。

《左传·桓公六年》载：公之未昏于齐也，齐侯欲以文姜妻郑太子忽。太子忽辞，人问其故，太子曰："人各有耦，齐大，非吾耦也。《诗》云：'自求多福。'在我而已，大国何为？"

有女同车，颜如舜华。
将翱将翔，佩玉琼琚。
彼美孟姜，洵美且都！

由此便失去了大国的援助。

此诗虽借以讽刺，但本诗写的却是贵族男女的恋歌。男子用倾慕的口吻表达出对一女子的爱慕之情。此诗用动静结合的艺术手法刻画了一位贵族女子的形象，"颜如舜华"讲的是静态之美，"将翱将翔"讲的是动态之美，这种动静结合描摹美人的手法对后世亦影响深远，《神女赋》中"婉若游龙乘云翔"，《洛神赋》中"若将飞而未翔"皆受此诗影响。诗歌整体风格灵动活泼，语言优美流畅，读者读之也能感受到男子那种沉浸于爱情之中的欢快心情。

山有扶苏

山有扶苏，隰有荷华。^一
不见子都，乃见狂且。^二

山有乔松，隰有游龙，^三
不见子充，乃见狡童。^四

译文

山上有大树，池中长荷花。
未见美子都，偏遇大傻瓜。

山上有大松，池中有红草。
没有美子充，遇见大坏蛋。

注释

一　扶苏：一说为小树。一说为大树。隰（xí）：低湿的地方。荷
　　华：即荷花，华，同"花"。

二　子都：古代美男子之名。狂：狂妄之人。且（jū）：语助词。

三　乔：高大。松：木名。游：枝叶放纵。龙：水草名，红草，
　　一名马蓼，叶大而色白，生水泽中，高丈余。

四　子充：也是古代美男子名。狡童：狡猾之人。

题 解

　　《诗序》说："《山有扶苏》，刺忽也。所美非美然。"这是一
首讥刺公子忽丧失强援，所美非美的诗。公子忽娶妻不考虑国
家利益，婉拒齐僖公之女，从而丧失了强援。唐代孔颖达进一
步认为这是在刺公子忽即郑昭公不能任用贤能，反任用小人。
清代方玉润《诗经原始》则从写作手法上进行分析，认同《诗
序》的说法，并且认为此诗能够以小见大。

　　另外，也有人认为此诗是一首情诗，是男女相爱时，女方
戏谑男子的诗。"狂且""狡童"是女子对恋人的戏称，是女子
对男子的嗔怪与俏骂，表现了女子内心见到恋人之后的喜悦心
情，整首诗的风格轻松愉快。

萚兮

萚兮萚兮，风其吹女。^一
叔兮伯兮，倡予和女。^二

萚兮萚兮，风其漂女。^三
叔兮伯兮，倡予要女。^四

译文

草木已凋落，风吹叶儿轻飘飘。
叔伯兄弟们，你来唱歌我来和。

草木已凋落，风吹叶儿舞飘飘。
叔伯兄弟们，你来唱歌我来和。

注释

一 萚（tuò）：落地之草木。女：汝，指落叶。

二 叔、伯：古时候男子排行第一称孟或者伯，第二称仲，第三以后称叔。排行第二也可以称叔。和：应和唱。

三　漂：同"飘"，吹。

四　要（yāo）：成。

题 解

　　《诗序》说："《萚兮》，刺忽也。君弱臣强，不倡而和也。"即认为这是讥刺郑昭公时期君权旁落，君主飘零，大臣强悍，等级错乱，国将不国的诗。

　　开篇两句言落叶秋风，意境抽象唯美，令人想起楚辞中的"袅袅兮秋风，洞庭波兮木叶下"，秋季本来就是多情的季节。在这样一种秋风瑟瑟的景象中，有人邀请青年们一起歌唱，我方唱罢你来和，寓情于景，情景交融。

　　后代有人认为这是一首恋歌，是女子邀请男子一起唱和的集体歌舞曲。

狡童

彼狡童兮，不与我言兮。^一
维子之故，使我不能餐兮！^二

彼狡童兮，不与我食兮。^三
维子之故，使我不能息兮！^四

译文

那个狡猾小伙子，不愿与我说话啊。
就是因为你呀，使我饭都吃不下！

那个美貌小伙子，不愿与我吃饭啊。
就是因为你呀，使我忧心寝难安！

注释

一　狡童：狡猾的男子。言：说话。古代汉语中，语与言虽然意
　　思相近，但语指回应别人的话，言指主动说话。

二　维：为。子：你。故：原因。餐：吃饭。

三　食：餐，吃饭。

四　息：休息。一说为呼吸。

题解

　　《诗序》说："《狡童》，刺忽也。不能与贤人图事，权臣擅命也。"此诗讽刺了郑昭公不能选用贤人，以致权臣擅命。郑玄进一步认为是针对祭仲专权所写。大臣专权，郑昭公无所事事，不能任用贤臣，贤臣担心国家，寝食难安。

　　后代也有人认为是表现恋人之间情感风波的诗，大体是说，女子和恋人发生了矛盾，男子不再理睬女子，女子因此吃不下，睡不着。从写作特点上来看，此诗用质朴的语言将女子辗转无奈的心情表现得淋漓尽致，令读者有亲受之感。

褰裳

子惠思我，褰裳涉溱。[一]
子不我思，岂无他人？狂童之狂也且。[二]

子惠思我，褰裳涉洧。[三]
子不我思，岂无他士？狂童之狂也且。[四]

译文

你若真想我，提起衣裳过溱河。
你若不想我，难道没有别人吗？轻狂之人愚昧又无知。

你若想我，提起衣裳过洧河。
你若不想我，难道没有别人吗？轻狂之人愚昧又无知。

注释

一　惠：爱。褰（qiān）：提起。溱（zhēn）：水名，在郑国境内。
二　狂童：轻狂的人，意同狡童。且：语气词。
三　洧（wěi）：水名，也在郑国境内。

四　士：人，此指男子。

题 解

　　《诗序》说："思见正也。狂童恣行，国人思大国之正己也。"这诗一首讽刺郑昭公时国家混乱，而无人能帮助改正之诗，并且希望能够请求大国帮助，以正纲纪。郑玄认为此诗针对的是公子突郑厉公与公子忽郑昭公之间的争位，孔颖达则认为此诗讽刺了"国内狂悖之人"，身为庶子而与嫡子争位。即郑昭公本为太子，而郑厉公是其异母弟，争国君位是对嫡长子继承制为中心的宗法制度的破坏。

　　后世有人认为此诗是情人之间的戏谑之词。诗中的女子爱慕一位青年，而青年态度扭捏，不懂姑娘的心意。姑娘为了激发青年的斗志，便以退为进，激励青年过河来找自己。诗歌语言轻快活泼，表现出女子开朗纯真的性格。

风雨

风雨凄凄，鸡鸣喈喈。^一
既见君子，云胡不夷？^二

风雨潇潇，鸡鸣胶胶。^三
既见君子，云胡不瘳？^四

风雨如晦，鸡鸣不已。^五
既见君子，云胡不喜？

译文

风寒雨凄凄，雄鸡喔喔叫。
既已见君子，如何不欢欣？

风疾雨潇潇，鸡鸣声胶胶。
既已见君子，如何不痊愈？

天风暗天日，雄鸡鸣不停。
既见君子颜，如何不欢欣？

注释

一　凄凄：指风雨寒冷凄凉。喈喈：鸡鸣之声。

二　云：语气助词。胡：何，为什么。夷：喜悦、高兴。

三　潇潇：风雨之声。胶胶：鸡鸣之声。

四　瘳：疾病痊愈。

五　如：语气助词。晦：天色昏暗。已：停止。

题 解

《诗序》说："《风雨》，思君子也。乱世则思君子，不改其度焉。"这是一首乱世思念君子之诗。此诗以风雨凄凄喻乱世，体现了对有道君子的怀念。

后代学者也有认为是女子表达丈夫归家之喜的。

诗歌音韵和谐，意境浑融。姚际恒《诗经通论》说："'喈'为众声和；初鸣声尚微，但觉其众和耳。再鸣则声渐高，'胶胶'，同声高大也。三号以后，天将晓，相续不已矣；'如晦'正写其明也。惟其明，故曰'如晦'。惟其如晦，'凄凄'、'潇潇'时尚晦可知。诗意之妙如此，无人领会，可与语而心赏者，如何如何？"方玉润《诗经原始》说："此诗人善于言情，又善于即景以抒怀，故为千秋绝调。"

子衿

青青子衿，悠悠我心。^一
纵我不往，子宁不嗣音？^二

青青子佩，悠悠我思。^三
纵我不往，子宁不来？

挑兮达兮，在城阙兮。^四
一日不见，如三月兮！

译文

衣领色青青，常常在我心。
纵然我不能去，你为何不给我音讯？

衣佩色青青，常常在我思。
纵然我不能赴约，你为何不主动来？

一路小跑去见你，你就站在城门旁。
一天不见你，好似隔了三个月啊！

注 释

一　青青：青色，一说美盛。衿：衣领。悠悠：忧思不断的样子。

二　纵：纵使。宁：难道。嗣：续。韩诗、鲁诗"嗣"作"诒"，诒，寄也，指寄问。

三　佩：玉佩。

四　挑：跳跃。达：放恣。挑达指愉快相见的样子。城阙：城门两边的楼台。

题 解

　　《诗序》说："《子衿》，刺学校废也。乱世则学校不修焉。"这是一首讽刺郑国不重教化、乡校被毁、贤才流失的诗。

　　当时郑国衰乱，不修学校，学者分散，或去或留，其留者故作此诗以责去者，并刺学校之废。后世学者则多认为这是一首表述相思的情诗。从内容看，诗歌深切表达了女子对恋人的思念之情，心理描写刻画入微。爱情中的相思最是折磨人，女子久无恋人的音信，整日心神不宁，每天在城楼上眺望，希望能看到恋人的身影，相思起时，每一天都度日如年的。钱锺书《管锥编》曰："《子衿》云：'纵我不往，子宁不嗣音？''子宁不来？'薄责己而厚望于人也。已开后世小说言情心理描绘矣。"

野有蔓草

野有蔓草，零露漙兮。^一
有美一人，清扬婉兮。^二
邂逅相遇，适我愿兮。^三

野有蔓草，零露瀼瀼。^四
有美一人，婉如清扬。
邂逅相遇，与子偕臧。^五

译文

郊野青青草，露珠多又多。
有位美人啊，眉清目又秀。
不期而巧相，情投又意合。

郊野青青草，露珠浓又浓。
有位美人啊，目秀眉又清。
不期而巧遇，我们共美好。

注 释

一　蔓：蔓延。一说为草名，蔓草。零：降落。泾（tuán）：露多貌。一说为露珠圆貌。

二　清扬：眉清目秀。

三　邂逅（xiè hòu）：不期而遇。适：适合。愿：心愿。

四　瀼瀼（ráng）：露浓的样子。

五　子：你。偕：一起。臧：善，美好。

题 解

　　《诗序》说："《野有蔓草》，思遇时也。君之泽不下流，民穷于兵革，男女失时，思不期而会焉。"此诗讽刺了郑国战乱不断，男女不能及时婚嫁，欲不期而会。

　　诗的内容描绘的是青年男女的邂逅相遇。在露珠洒满青草的田野上，或是清晨或是暮晚，男子偶见一女子，便深深被她吸引，有"一见钟情"之感，进而想与之相爱至永远。诗歌语言简洁、情感轻快，而"清扬婉兮""婉如清扬"等词汇成为展现美人风采的经典用语。

齐风

　　《齐风》是产生于齐地的诗歌。齐是周代功臣姜太公的封地，在今山东省临淄一带。《齐风》有诗11首。

东方之日

东方之日兮，彼姝者子，在我室兮。^一
在我室兮，履我即兮。^二

东方之月兮，彼姝者子，在我闼兮。^三
在我闼兮，履我发兮。^四

译文

东方日出了啊，有位美人啊，来到我家了啊。
来到我家了啊，紧紧靠着我啊。

东方月出了啊，有位美人啊，来到我房了啊。
来到我房了啊，抚摸我头发啊。

注释

一　东方之日：一说喻貌美，下章"东方之月"仿此。姝：美丽。

二　履：踩，亲近。即：就，跟着。一说假借为膝盖之"膝"。

三　闼：夹室，寝室左右的小屋。

四　履：此处可以理解为抚摸。发：头发。

题 解

　　《诗序》说："《东方之日》，刺衰也。君臣失道，男女淫奔，不能以礼化也。"这是一首男女幽会之诗，用以讽刺君臣失道、男女无礼。

　　从诗的内容来看，应该是一首描写男女约会之诗。全诗共两章，重章叠句，用简洁质朴的语言勾勒出一幅小儿女甜蜜约会的画面。

东方未明

东方未明，颠倒衣裳。^一
颠之倒之，自公召之。^二

东方未晞，颠倒裳衣。^三
倒之颠之，自公令之。^四

折柳樊圃，狂夫瞿瞿。^五
不能辰夜，不夙则莫。^六

译文

东方还未明，颠倒上衣和下裳。
为什么会颠倒，只因公侯急征召。

东方还明待拂晓，颠倒下裳与上衣。
为什么会颠倒，只因公侯急号令。

折下柳条作篱笆，就是疯子也害怕。
不分白昼与黑夜，起早贪黑太无常。

注 释

一　衣：上衣。裳：古代称下身穿的衣裙，男女皆服。

二　自：从。召：征召。

三　晞（xī）：拂晓，天亮。

四　令：号令。

五　柳：柳树，有垂柳、旱柳等。樊：同"藩"，篱笆。瞿瞿（jù）：惊貌，惊视貌。

六　辰：时。一说同"晨"。夙：早。莫：同"暮"，晚。不能辰夜：不分白天与黑夜。不夙则莫：起早贪黑，不得安生。

题 解

　　《诗序》说："《东方未明》，刺无节也。朝廷兴居无节，号令不时，挈壶氏不能掌其职焉。"挈壶氏是管理值更事务的官。该诗讽刺齐国领导人荒淫无度，政令失常。有学者认为国君的不守时，是因为司时官员的错误导致。《史记·历书》说："天下有道则不失纪序，无道则正朔不行于诸侯。"诗的前两章描写天未亮时国君派人急急传令，主人公因过于匆忙而穿衣颠倒。末章则以柳枝不适合做篱笆来比喻狂夫不适合挈壶氏之职，表达了诗人虽起早贪黑而仍怀有惊惧的抱怨之意。

卢令

卢令令，其人美且仁。^一

卢重环，其人美且鬈。^二

卢重鋂，其人美且偲。^三

译文

田犬脖上缨环响，君子美貌又仁德。

田犬脖上套双环，君子美貌又勇壮。

田犬脖上环套环，君子美貌又多才。

注释

一　卢：田犬。令令：猎犬颈下系的环铃声。

二　重环：子母环，大环套小环。鬈（quán）：头发好的样子。

　　一说为勇壮。

三　重鋂（méi）：谓一大环贯二小环的子母环。偲（cāi）：多才。

　　一说多须之貌。

题 解

　　《诗序》说:"《卢令》,刺荒也。襄公好田猎毕弋,而不修民事,百姓苦之,故陈古以风焉。"这首诗赞美猎人,国史收录此诗,以讽刺齐襄公不务正业,荒淫于田猎。

　　诗中描述了畋猎场面中,猎狗脖子上铃铛叮当作响,猎人潇洒多才的场面。诗歌用"仁""鬈""偲"三字,极赞猎人的内秀、勇壮、威仪,并以犬衬人,声情并茂,表达出齐人尚武的风习,以及对猎手的尊崇。本诗语言简洁、回环往复,描绘了打猎时昂扬欢悦的气氛。

敝笱

敝笱在梁，其鱼鲂鳏。^一
齐子归止，其从如云。^二

敝笱在梁，其鱼鲂鱮。^三
齐子归止，其从如雨。

敝笱在梁，其鱼唯唯。^四
齐子归止，其从如水。

译文

鱼梁架上破竹篓，如何钓来大鲂鳏。
文姜回娘家，随从多如云。

鱼梁架上破竹篓，如何钓来大鲂鱮。
文姜回娘家，随从多如雨。

鱼梁架上破竹篓，鱼儿游来又游去。
文姜娘家，随从多如水。

注 释

一　敝：破烂。笱（gǒu）：竹制的捕鱼器；鱼笼。梁：断水捕鱼
　　的堰。鲂鳏（fáng guān）：一说为两种鱼名。一说为大鱼。

二　齐子：指文姜，襄公妹，鲁桓公夫人。归：回齐国。止：语
　　助词。从：随从。如云：像云一样多。形容随从非常多。下
　　文"如雨""如水"意思差不多，形容众多。

三　鲋（xù）：鱼名，即今天所谓鲢鱼。

四　唯唯：鱼儿相随着游来游去的样子。

题 解

　　《诗序》说："《敝笱》，刺文姜也。齐人恶鲁桓公微弱，不
能防闲文姜，使至淫乱，为二国患焉。"这首诗讽刺齐桓公夫人
文姜不守妇道，借陪同鲁桓公访问齐国，而在回娘家后与其兄
齐襄公淫乱，并致鲁桓公被杀身亡。

　　全诗三章，第一章首句以"敝笱"无法网得大鱼起兴，讽
刺鲁桓公微弱，不能防闲文姜，二句言文姜回齐，堂而皇之且
场面之盛，车马如云。第二、第三章反复咏叹文姜回国随从之
多。其语言简洁，比喻形象，"其从如云""其从如雨""其从
如水"生动描绘了文姜回国的盛大场面。

猗嗟

猗嗟昌兮，颀而长兮。^一
抑若扬兮，美目扬兮。^二
巧趋跄兮，射则臧兮。^三

猗嗟名兮，美目清兮。^四
仪既成兮，终日射侯。^五
不出正兮，展我甥兮。^六

猗嗟娈兮，清扬婉兮。^七
舞则选兮，射则贯兮。^八
四矢反兮，以御乱兮。^九

译文

君子真健壮，身姿威武又修长。
前额挺阔貌姣好，双目迥迥有神光。
进退奔走动作巧，精于射箭技艺高。

君子真威仪，双目澄澈似水底。

射箭仪式成，终日立于箭靶前。

箭箭正中靶中心，确是我的好外甥。

有此君子真美好，双目明亮貌清秀。

跳起舞来与乐合，射出箭儿革贯穿。

箭箭同中靶中央，足以抵御四方乱。

注释

一　猗嗟：赞叹语气词。昌：美好健壮的样子。颀：身材高长貌。

二　抑：通"懿"，美好的样子。扬：广扬。前一扬字，当指额头
　　宽广高扬；后一扬字，当指扬目，目光炯炯有神。

三　跄（qiāng）：疾走时的姿态。巧趋：灵巧地疾走。臧
　　（zāng）：好，指射箭的技术好。

四　名：明，昌盛。这里当指射箭之时明净美好貌。清：眼睛清
　　澈有神。

五　仪：射箭时的威仪姿态。侯：箭靶。

六　正：箭靶的中心。展：诚然，确实。甥：姊妹的子女，这里
　　即指庄公，为齐之甥。

猗嗟名兮，美目清兮。

仪既成兮，终日射侯。

不出正兮，展我甥兮。

七　娈：美好的样子。清扬：眉扬目清的样子。婉：秀美之态。

八　选：一解为齐，按古代射箭时有跳舞这一环节，指跳舞的步
　　伐与音乐节奏一致整齐相合。另一解为出众。贯：箭射中
　　靶心。

九　矢：箭。反：指连续射中靶心同一地方。

题解

　　《诗序》说："《猗嗟》，刺鲁庄公也。齐人伤鲁庄公有威
仪技艺，然而不能以礼防闲其母，失子之道，人以为齐侯之子
焉。"鲁庄公本是一位德才兼备、颇受好评的君主，但这首诗
却意在讽刺鲁庄公。表面看此诗在赞美男子貌美身强、善射能
舞，实则是感叹鲁庄公虽有威仪技艺，却不能在其父死后，以
礼防其母亲文姜做出淫乱之事，失子之道，表达了对其齐家治
国能力的怀疑。

魏风

  《魏风》是采自魏地的诗歌，其地在今山西芮城、运城一带。这里原来是舜和禹活动过的地方，所以说有先王遗风。今存诗7首，多怨刺之作。后世学者认为，这是由于魏地与秦、晋相邻，日见侵削，国人忧之而作。

  安徽大学藏战国竹简《诗经》（以下简称"安大简"）中有《侯风》六篇，皆在今本《魏风》中。而今本《唐风》中的大部分诗篇又在安大简的《魏风》中。这说明今本《魏风》和《唐风》所在地域是一致的。

葛屦

纠纠葛屦，可以屦霜？ ^一
掺掺女手，可以缝裳？ ^二
要之襋之，好人服之。 ^三

好人提提，宛然左辟，佩其象揥。 ^四
维是褊心，是以为刺。 ^五

译文

葛麻交错编作鞋，怎能踏寒霜？
我这纤纤手，怎能缝衣裳？
缝完衣带缝衣领，恭候贵人试新装。

贵人新装很舒服，回身闪一旁，配上象牙簪。
因她气量小，作诗讽刺他。

注释

一　纠纠：缭缭，纠缠交错貌；一说寒凉的样子。葛屦（jù）：

用葛麻编的鞋。

二　掺掺：纤纤，手好看的样子。

三　要：通"褼"，衣襻，为衣系，犹今人言纽扣。一说读为腰，
作动词，即缝裙子的腰。襋（jí）：衣领；一说底襟，作动
词，即缝裙子的底襟。好人：大人，美人。

四　提提：舒服的样子。辟：同"避"，三家诗作"宛如左僻"；
一说借为躄，足跛也。象揥（tì）：象牙制的簪。

五　维：惟。褊心：心胸狭隘。

题 解

《诗序》说："《葛屦》，刺褊也。魏地狭隘，其民机巧趋
利，其君俭啬褊急，而无德以将之。"魏国地狭人稠，其俗俭
啬而褊急，其君治国无方，百姓机巧易生，刻薄持家，民风不
正。此诗疑即缝裳之女所作，意为控诉其主人的不公。女子生
活凄惨，在寒冬到来之际，依然穿着夏天的葛麻鞋，却要为主
人缝制冬衣。主人穿上精致的冬衣之后更美丽了，身上的绣衣
与头上的象牙簪交相辉映，显得很尊贵迤逦。但这主人只是徒
有美丽的外貌，实则心胸狭窄，丝毫不体谅女工的辛苦。

汾沮洳

彼汾沮洳，言采其莫。^一
彼其之子，美无度。^二
美无度，殊异乎公路。^三

彼汾一方，言采其桑。
彼其之子，美如英。^四
美如英，殊异乎公行。^五

彼汾一曲，言采其藚。^六
彼其之子，美如玉。
美如玉，殊异乎公族。^七

译文

汾河水边湿地上，来此要采那酸模。
那里一个人啊，美得没法说。
美得没法说，与那公尉大不同。

汾河水边低地上，来此要采那嫩桑。

那里一个人啊，美得像花朵。

美得像花朵，与那公行大不同。

汾河水边曲岸旁，来此要采那簇荬。

那里一个人啊，美得就如玉。

美得就如玉，与那公族大不同。

注释

一　汾：水名，出太原府晋阳山，西南入河。沮洳：水浸处下湿
　　之地。沮（jù）：同“渐”。洳（rù）：低湿的地方。莫：野菜
　　的一种，酸模，似柳叶，厚而长，有毛刺，可为羹。

二　子：男子的美称。无度：无法衡量。

三　公路：官名，掌管车。路：同“辂”，大车。

四　英：花，一说形容人多。

五　公行：官名，即公路也，以其主兵车之行列，故以谓之公行。

六　曲：水流弯曲处。荬（xù）：草名，又名泽泻。多年生草本植
　　物，生浅水中。中医入药，亦可食用。

七　公族：掌诸侯宗族之官。

彼汾沮洳，言采其莫。
彼其之子，美无度。
美无度，殊异乎公路。

题 解

　　《诗序》说："《汾沮洳》，刺俭也。其君俭以能勤，刺不得礼也。"这是讽刺魏国君主亲自采菜，此人美则美矣，然其俭啬褊急之态，失去了贵族应有的礼仪。儒家强调社会分工，君子的责任是保证社会公平，全心全意为人民服务，因此，不应该把精力放在从事生产劳动方面。

　　《韩诗外传》说："君子盛德而卑，虚己以受人，旁行不流，应物而不穷，虽在下位，民愿戴之，虽欲无尊得乎哉？"大概这位魏国的公子喜欢从事采集活动，经常到汾河低洼处、岸边、弯曲处采集。这位年轻公子不但长相好，而且魏国人觉得他和一般的魏国公子不一样，因此写诗赞美他。意思是这是一首赞美君子之诗，与《诗序》所说意思相反。孰是孰非，难以论定。

十亩之间

十亩之间兮，桑者闲闲兮，行与子还兮。^一
十亩之外兮，桑者泄泄兮，行与子逝兮。^二

译文

十亩田间是桑园，采桑之人太悠闲，将要与你把家还。
十亩田外是桑林，采桑之人众且多，将要与你携手去。

注释

一　闲闲：悠闲的样子。行：将。还：归来。
二　泄泄（yì）：人多的样子。逝：往。

题解

　　《诗序》说："《十亩之间》刺时也。言其国削小，民无所居焉。"据《诗序》而言，这是一首描写采桑者生活之诗，诗人感到国家日益危亡，生活越来越艰难，所以作此诗讽刺时事。诗中描述了国土日益狭小，民众生活日益艰难，大家乐于去邻国居住，相约出走的人很多，愿意返回者少。

从诗文本意来看，这是一首采桑姑娘们相邀劳作的诗。采桑姑娘们劳作了一天，准备一起相邀归家。此诗语言虽然简洁，但刻画事物形象生动，能令读者感受到采桑女子即将结束一天劳作而归家的欢快心情。

伐檀

坎坎伐檀兮，置之河之干兮，河水清且涟猗。^一
不稼不穑，胡取禾三百廛兮？^二
不狩不猎，胡瞻尔庭有县貆兮？^三
彼君子兮，不素餐兮。^四

坎坎伐辐兮，置之河之侧兮，河水清且直猗。^五
不稼不穑，胡取禾三百亿兮？^六
不狩不猎，胡瞻尔庭有县特兮？^七
彼君子兮，不素食兮。

坎坎伐轮兮，置之河之漘兮，河水清且沦猗。^八
不稼不穑，胡取禾三百囷兮？^九
不狩不猎，胡瞻尔庭有县鹑兮？^十
彼君子兮，不素飧兮。^{十一}

译文

坎坎伐檀树啊，砍倒放在河岸边啊，河水澄澈纹波转。
不种不收坐等闲，为何收粮三百廛啊？

冬狩夜猎无踪迹，为何庭院挂猪獾啊？

那些真正的君子啊，从来不会吃闲饭啊。

砍砍伐檀作车辐啊，捆捆檀树置河边啊，河水澄澈直流转。

不种不收坐等闲，为何收粮三百亿啊？

冬狩夜猎无踪迹，为何大兽院中悬啊？

那些真正的君子啊，从来不会吃闲饭啊。

伐成檀树做车轮啊，捆捆檀树置河边啊，河水澄澈旋涡转。

不种不收坐等闲，为何收粮三百囷啊？

冬狩夜猎不见人，为何庭院鹌鹑悬啊？

那些真正的君子啊，从来不会吃闲饭啊。

注释

一　坎坎：伐檀发出的声音。檀（tán）：檀树，木质坚硬，古时
　　用以造车。干：河岸。涟：风吹水面泛起的波纹。猗（yī）：
　　通"漪"，水波纹。

二　稼穑（sè）：耕种叫稼，收割叫穑，皆为农事。不稼不穑指

不从事农事活动。胡：为什么。郑笺曰："胡，何也。"取：
索取。廛（chán）：一夫之居曰廛。三百廛、三百亿、三百
囷极言索取的数目之多，以喻贪婪。

三　狩……猎：泛指打猎。瞻：望见。庭：庭院。县：通"悬"，
悬挂。貆（huán）：幼小的貉。

四　彼：那些。素餐：无功而食禄。素：空。

五　辐：车轮中凑集于中心毂上的直木。侧：河岸。直：直的
波纹。

六　亿：上古指十万。

七　特：三岁的兽。

八　轮：车轮。漘（chún）：同上两章的"干""侧"，指河边。
沦：水的小波纹。亦谓水起小波纹，或使起波纹。

九　囷（qūn）：圆形谷仓。

十　鹑：鹌鹑。

十一　飧（sūn）：熟食。与上两章的"餐""食"同义。

题 解

　　《诗序》说:"《伐檀》,刺贪也。在位贪鄙,无功而受禄,君子不得进仕尔。"这是一首讽刺魏国领导人贪婪,没有真正君子风采的诗。

　　全诗行文自然,语言活泼。诗共三章,每章最后诗人都以反语的方式讽刺了统治者素餐、素食、素飧。诗歌句式变化多端而又首尾呼应。

硕鼠

硕鼠硕鼠，无食我黍！ ^一
三岁贯女，莫我肯顾。 ^二
逝将去女，适彼乐土。 ^三
乐土乐土，爰得我所！ ^四

硕鼠硕鼠，无食我麦！
三岁贯女，莫我肯德。 ^五
逝将去女，适彼乐国。
乐国乐国，爰得我直！ ^六

硕鼠硕鼠，无食我苗！
三岁贯女，莫我肯劳。 ^七
逝将去女，适彼乐郊。
乐郊乐郊，谁之永号！ ^八

译文

可恶至极大老鼠，不许吃我种的黍！
多年辛苦养活你，你却从不体谅我。

立誓定将你摆脱，到那理想安乐土。

安乐土啊安乐土，哪里是我的好去处！

可恶至极大老鼠，不许吃我种的麦！

多年辛苦养活你，你却从不施恩德。

立誓定将你摆脱，到那理想安乐国。

安乐国啊安乐国，哪里才是我的好去处！

可恶至极大老鼠，不许吃我种的苗！

多年辛苦养活你，你却从不慰劳我。

立誓定将你摆脱，从此要到安乐郊。

安乐郊啊安乐郊，谁还会再长感叹！

注释

一　硕鼠：肥大的老鼠。一说硕同"鼫"，即田鼠，"硕"是"鼫"
　　的假借字，硕鼠即鼫鼠。安徽大学藏战国竹简"硕鼠"作
　　"石鼠"，即鼫鼠，即昆虫蝼蛄。无食我黍：比喻统治者税敛
　　之多。黍与下文的麦、苗均泛指农作物。

二　三岁：泛指多年的意思，在古代三、六、九这样的数字通常都不是确指，而是泛指多的意思。贯：侍奉，养活。女：通汝，你，指鼠，剥削者。韩诗作"汝"。莫肯我顾：即莫肯顾我。顾：体谅，顾念。

三　逝：远去。一说逝为"什么"之意，一说是"誓"的假借字，表示坚决之意。适：往、到。乐土：为人们想象中没有剥削的安乐之地。与下文的乐国、乐郊义同。

四　爰：乃，就。一说，爰为何处之意。所：处所。

五　德：恩德，这里用作动词，施加恩德。

六　直：通"值"，价值。一说，或为"职"之假借字。

七　劳：慰劳。

八　谁之永号：谁还会长吁短叹呢？号：呼也。

题 解

《诗序》说："《硕鼠》，刺重敛也。国人刺其君重敛蚕食于民，不修其政，贪而畏人，若大鼠也。"这是一首讽刺魏国君主不劳而获，横征暴敛之诗。诗歌将身居高位而贪婪无耻的统治者比喻为硕鼠，然后以同硕鼠讲话的方式，表达了民众的怨恨情绪以及对现实重税的不满和对美好生活的向往。

全诗共分三章，以回环往复的手法反复歌叹使情感步步加深，深刻表达了诗人的不平与愤慨。

唐风

　　《唐风》即采自唐地的诗歌，共存 12 首。唐是古代尧都所在，有尧之遗风，具体位置一说在今山西太原境内，一说在临汾境内。《左传》载吴公子季札观唐风，说："思深哉！其陶唐氏之遗民乎？不然，何忧之远也？非令德之后，谁能若是！"

蟋蟀

蟋蟀在堂，岁聿其莫。^一
今我不乐，日月其除。^二
无已大康，职思其居。^三
好乐无荒，良士瞿瞿。^四

蟋蟀在堂，岁聿其逝。^五
今我不乐，日月其迈。^六
无已大康，职思其外。^七
好乐无荒，良士蹶蹶。^八

蟋蟀在堂，役车其休。^九
今我不乐，日月其慆。^十
无已大康，职思其忧。^{十一}
好乐无荒，良士休休。^{十二}

译文

蟋蟀入我堂，岁暮天寒近年关。
若不及时将乐行，日月一去不回还。

切记不可太安泰，身居其位谋其事。

寻乐虽可不逾礼，时时警醒记心间。

蟋蟀入我堂，岁暮天寒时流逝。

若不及时将乐行，日月一去不回头。

切记不可太安泰，身居其位事兼顾。

寻乐虽可不逾礼，君子该当敏于事。

蟋蟀入我堂，公干的车子已停了。

若不及时将乐行，日月已过不停留。

切记不可太安泰，身居其位常忧虑。

寻乐虽可不逾礼，君子守礼貌安闲。

注释

一　蟋蟀：虫名，又叫蛐蛐儿。在堂：在户内。天冷季节蟋蟀入
　　于堂。聿：语助词，遂，就。莫：暮，晚，指年末天寒岁暮。

二　日月：岁月，光阴，时间。除：逝去。

三　已：过于。大康：安乐。职：主。居：处，所处的地位、职务。

四　荒：大。一说为废乱。良：善。瞿瞿（jù）：警惕的样子。

五　逝：去，流逝。

六　迈：行。

七　外：职务以外的事情。一说，外指意外的事。

八　蹶蹶（guì）：动而敏捷的样子。

九　役车：这里指收纳农作物所用的车。休：停止。

十　慆（tāo）：过。此处为滔的假借字，水大的样子。这里也可
　　以理解为逝去。

十一　忧：需要担忧的事。

十二　休休：安闲的样子。

题　解

　　《诗序》说："《蟋蟀》，刺晋僖公也。俭不中礼，故作是
诗以闵之，欲其及时以礼乐自虞乐也。此晋也，而谓之唐，本
其风俗，忧深思远，俭而用礼，乃有尧之遗风焉。"这是一首
讽刺晋僖公吝啬之诗，孔子主张统治者节用，但同时要求对百
姓仁惠，藏富于民，而晋僖公虽俭，却不关心民生，所以诗人
刺之。

后世学者也有认为这是一首朋友间互相劝勉的诗。诗的作者应该是一位"士",对时光易逝,他怀有忧伤之感,想要及时行乐,又放不下肩上的责任,便和朋友相互勉励,要做"良士"。诗歌将作者矛盾的心理刻画得细致入微,这种矛盾心理事实上是中国"士"阶层千年以来的真实写照。吴闿生《诗义会通》说此诗"诗意精湛之至,粹然有道君子之言"。

扬之水

扬之水，白石凿凿。[一]
素衣朱襮，从子于沃。[二]
既见君子，云何不乐？[三]

扬之水，白石皓皓。[四]
素衣朱绣，从子于鹄。[五]
既见君子，云何其忧？

扬之水，白石粼粼。[六]
我闻有命，不敢以告人。[七]

译文

河水轻流淌，白石光溜溜。
白衫红衣领，从君到曲沃。
既已见君子，教我如何不欢欣？

河水轻流淌，白石亮晶晶。
白衫红衣领，从君到了鹄。

既已见君子，还有什么好担忧？

河水轻流淌，白石光闪闪。
听闻有密令，不敢告诉人。

注释

一　扬：河水流淌的样子。《诗经》中《王风》《郑风》中都有《扬之水》诗，也都是以"扬之水"开头。凿凿：鲜明的样子。

二　襮（bó）：绣有黼形花纹的衣领。从：跟从。子：一说指桓叔。沃：曲沃，地名。

三　云何：为何。

四　皓皓：洁白的样子。

五　绣：用彩色线在布帛上刺成花、鸟、图案等。鹄：地名，在曲沃。

六　粼粼：清澈有光的样子。

七　命：一说为政命，一说为命令。

扬之水，白石凿凿。
素衣朱襮，从子于沃。
既见君子，云何不乐？

题　解

　　《诗序》说："《扬之水》，刺晋昭公也。昭公分国以封沃，沃盛强，昭公微弱，国人将叛而归沃焉。"这是讽刺晋昭侯不能以德化民，民众都欲归附桓叔，晋昭公将要丧国之诗。据《史记·晋世家》载："昭侯元年，封文侯弟成师于曲沃。曲沃邑大于翼。翼，晋君都邑也。成师封曲沃，号为桓叔。靖侯庶孙栾宾相桓叔。桓叔是时年五十八矣，好德，晋国之众皆附焉。"诗歌开篇以水起兴，暗示政局不稳，然后层层推进，显示出紧张又神秘的气氛。

　　也有学者认为，这是一首女子赴约幽会的诗。男子提前给了女子约会的消息，女子按照消息去约会地点，一路上怀揣着隐秘的欣喜。约会之地大约是河畔，女子紧密地跟在男子身后，沿着河水步行，开心不已。心爱之人就在身边，自己还能有什么忧愁呢？这是我们两个人的小秘密，我又怎会告知他人呢？全诗风格轻快活泼，展现出一个沉浸于爱情之中的小女儿的娇羞模样。

绸缪

绸缪束薪，三星在天。^一
今夕何夕，见此良人？^二
子兮子兮，如此良人何？^三

绸缪束刍，三星在隅。^四
今夕何夕，见此邂逅？^五
子兮子兮，如此邂逅何？

绸缪束楚，三星在户。^六
今夕何夕，见此粲者？^七
子兮子兮，如此粲者何？

译文

紧紧捆柴火，三星挂在天。
不知今夕是何夕，让我得见此良人？
你啊你啊，不知如何待良人？

紧紧捆柴草，三星耀天边。

不知今夕是何夕，让我邂逅此良人？
你啊你啊，不知如何的邂逅？

紧紧捆荆条，三星照进门。
不知今夕是何夕，让我得此俊杰人？
你啊你啊，不知如何待俊杰？

注 释

一　绸缪（móu）：缠绵。束薪：与"束刍""束楚"意思相同，都
　　是用紧束的柴草比喻夫妇结合。三星：参星。在天：出现在
　　天空，说明已经黄昏时分了。

二　夕：黄昏。良人：好人，心爱的人。

三　如此良人何：形容见到良人时喜悦的心情，不知如何是好。

四　隅：角落。

五　邂逅：相遇。

六　在户：直照门户。

七　粲者：美人。一说三女为粲，指大夫一妻二妾。

绸缪束薪，三星在天。

今夕何夕，见此良人？

子兮子兮，如此良人何？

题 解

  《诗序》说:"《绸缪》，刺晋乱也。国乱则婚姻不得其时焉。"这是一首讽刺晋国衰乱，婚姻不得其时之诗。诗歌共三章，分别以"束薪""三星""束刍""束楚"起兴，主要描写了新婚的场面，语言清丽，情韵自然，抒发了诗人喜悦的心情。结合诗意来看，这首诗应该是以正刺反。

  后世学者也有认为这就是一首贺新婚之诗的，与讽刺无关。如方玉润《诗经原始》说:"《绸缪》，贺新昏也。"其诗中的"良人"是新娘对新郎的称呼。"今夕何夕，见此良人?""今夕何夕，见此邂逅?""今夕何夕，见此粲者?"则生动表达了见到心上人时的惊喜之情与缠绵之意。

羔裘

羔裘豹祛，自我人居居。 一
岂无他人？维子之故！ 二

羔裘豹褎，自我人究究。 三
岂无他人？维子之好！ 四

译文

羔袍袖口豹皮镶，神情举止颇傲慢。
岂是因我无处归？只因念你是故旧！

羔袍袖口豹皮镶，神情举止颇傲慢。
岂是因我无处归？只因念你是故旧！

注释

一 祛（qū）：袖口。自：对于。我人：我们。居居：态度傲慢的
    样子。
二 维：同"惟"，只。子：你。故：故旧交好。

三　褎（xiù）：即袖，袖口。究究：即居居，态度傲慢的样子。

四　好：故旧之好。

题 解

　　《诗序》说："《羔裘》，刺时也。晋人刺其在位不恤其民也。"这是一首讽刺晋国统治者不体恤人民之诗。"在位"者当指晋国国君晋昭侯及其继承人。晋国国君及公卿官员不体恤民众、忧虑民生，不能匡扶国政因而引发了民众的不满。贵族"羔裘豹袪"，却态度傲慢，不能亲附百姓，因而诗人作诗以刺之。诗共两章，每章的后两句采用问答的形式，对贵族们进行了批判，但语气较为平缓，"怨而不怒"，体现出"温柔敦厚"之意。

鸨羽

肃肃鸨羽，集于苞栩。^一
王事靡盬，不能蓺稷黍，父母何怙？^二
悠悠苍天！曷其有所？^三

肃肃鸨翼，集于苞棘。^四
王事靡盬，不能蓺黍稷，父母何食？
悠悠苍天！曷其有极？^五

肃肃鸨行，集于苞桑。^六
王事靡盬，不能蓺稻粱，父母何尝？^七
悠悠苍天！曷其有常？^八

译文

野雁羽肃肃，栖于丛生柞树上。
官差徭役无休止，无暇种下稷和黍，父母可以靠谁养？
悠悠问苍天！哪里才能得安身？

野雁翅肃肃，栖于丛生酸枣树。

官差徭役无休止，无暇种下稷和黍，父母可以吃什么？
悠悠问苍天！什么时候是尽头？

野雁肃肃飞成行，栖于丛生桑树上。
官差徭役无休止，无暇种下稻和粱，父母可以吃什么？
悠悠问苍天！日子何时才正常？

注释

一　肃肃：鸟扇动翅膀的声音。鸨（bǎo）：鸟名，似雁而略大，
　　脚上没有后趾，一说为野雁。集：鸟停在树上，栖息。苞：
　　丛生，茂盛。栩：树名，柞树。

二　王事：朝廷之事，泛指官差徭役。靡：无，没有。盬（gǔ）：
　　休止。蓻（yì）：种植。稷（jì）：粟的一种，米不粘，一说，
　　稷指高粱。黍（shǔ）：粟的一种，其米粘，又叫黄米。这里
　　用稷、黍泛指庄稼。怙：依靠。

三　曷：同何。所：处所，安居的地方。

四　棘（jí）：酸枣树。

五　极：尽头。

肃肃鸨羽，集于苞栩。

王事靡盬，不能蓺稷黍，父母何怙？

悠悠苍天！曷其有所？

六　行（háng）：犹羽，因为鸟翮排成行列，故称行。

七　尝：食。何尝，吃什么。

八　常：正常。

题 解

　　《诗序》说："《鸨羽》，刺时也。昭公之后，大乱五世，君子下从征役，不得养其父母，而作是诗也。"这是一首讽刺晋昭公以后晋国大乱之诗，晋国征役不断，人们没有机会从事生产，没有办法照顾父母家人。

　　诗分三章，主要描写了征人在远离故土艰难服役不知归期的情况下，想到家中农事荒废，父母无人照料，甚至忍饥挨饿，而又无可奈何的心情。诗歌反复表达了作者的悲伤牵挂与抑郁不平，清代陈继揆《读诗臆评》说："一呼父母，再呼苍天，愈质愈悲。读之令人酸痛摧肝。"

无衣

岂曰无衣？七兮。^一
不如子之衣，安且吉兮！^二

岂曰无衣？六兮。^三
不如子之衣，安且燠兮！^四

译文

难道我缺衣服穿？我的衣服有七章。
不过不如天子赐，舒适美观我心安！

难道我缺衣服穿？我的衣服有六章。
不过不如天子赐，温暖舒服我心安！

注释

一　七：七命、七章。侯伯之礼七命，冕服七章。意思是说我岂
　　无是七章之衣吗？

二　安且吉：是说晋武公认为只有得到周天子所赐的新服才能

心安。指得周天子命服为安。

三　六：六命、六章。天子之卿六命，车旗、衣服以六为节。此处变七言六，是谦虚之意，表示不敢必当侯伯，如果能受六命之服，成为天子之卿，也是好事。

四　燠（yù）：暖和。《释言》说："燠，暖也。"

题　解

《诗序》说："《无衣》，美晋武公也。武公始并晋国，其大夫为之请命乎天子之使，而作是诗也。"这是一首赞扬晋武公尊崇周天子权威之诗。

晋武公称（前754—前677年），晋穆公曾孙，曲沃桓叔之孙，曲沃庄伯之子，又称曲沃武公。公元前716年即位为曲沃君，晋侯缗二十八年（前679年），曲沃出兵灭晋，后曲沃武公把晋的宝器献给周釐王，釐王封武公为晋君，列为诸侯，即晋武公。

此诗两章均以自问自答的形式谋篇，言并非无衣可穿，但只有得到周天子所赐的新服才能心安。诗歌句法新奇独特，前后两章字句大体相同，第二章只易两字，回环往复，有一唱三叹之妙。

有杕之杜

有杕之杜，生于道左。^一
彼君子兮，噬肯适我？^二
中心好之，曷饮食之？^三

有杕之杜，生于道周。^四
彼君子兮，噬肯来游？^五
中心好之，曷饮食之？

译文

有株棠梨独自生，长在路左边。
那位有德真君子，是否肯到我这来？
心中实在仰慕他，何时请他同饮食？

有株棠梨独自生，长在路右边。
那位有德真君子，何时肯来看看我？
心中实在仰慕他，何时请他同饮食？

一　杕（dì）：树木孤立貌。杜：木名，即杜梨，亦称棠梨。一说
　　杕杜喻孤身一人的女子。

二　噬（shì）：谁。鲁诗作"遾"，逮也；韩诗作"逝"，及也；
　　一说同疑问词"何"，一说犹发语词"斯"。

三　中心：心中。好：喜爱。一说饮食为隐语，指满足情爱之欲。

四　周：曲，边上。韩诗作"右"。

五　游：观。

题 解

　　《诗序》说："《有杕之杜》，刺晋武公也。武公寡特，兼其
宗族，而不求贤以自辅焉。"寡特指专任己身，不与贤人图事，
孤寡特立。

　　这是一首讽刺晋武公兼并其宗族，却不求贤以辅助之诗。
诗中表现了求贤之意，反复强调"中心好之，曷饮食之？"表
达了对贤才的渴望。

秦风

    《秦风》是采自秦地的诗歌，秦在今甘肃天水秦安一带。秦的先祖善于养马，被周室封为附庸，后因救周有功，始为诸侯，并拥有了关中故周之地，开始壮大。现存诗 10 首。

车邻

有车邻邻，有马白颠。^一
未见君子，寺人之令。^二

阪有漆，隰有栗。^三
既见君子，并坐鼓瑟。^四
今者不乐，逝者其耋！^五

阪有桑，隰有杨。
既见君子，并坐鼓簧。^六
今者不乐，逝者其亡！^七

译文

道有马车响辚辚，飞奔马儿白额顶。
来访君子未得见，只待寺人传命令。

远处高坡生漆树，近处洼地栽栗田。
悠闲时光与君度，与君并坐同鼓瑟。
此刻不乐待何时，岁不饶人弹指老！

远处高坡桑树好，近处洼地杨树密。

潇洒时光与君度，与君并坐同鼓簧。

此刻不乐待何时，俯仰一瞬入土坟！

注释

一　邻邻：车轮声。白颠：马额上长白色的毛。

二　寺人：侍人。寺、侍古字通。之令：是令。令，使也。

三　阪（bǎn）：山坡；漆：漆树。隰（xí）：低湿的地方。
　　栗：栗树。

四　并坐：坐在一起。鼓瑟：弹瑟。

五　逝者：时光流逝。耋（dié）：老也。八十曰耋。又说七十
　　曰耋。

六　簧（huáng）：笙也。乐器里有弹性的薄片，用竹篾或铜片制
　　成。此指笙等乐器。

七　亡：无。

既见君子，并坐鼓瑟。
今者不乐，逝者其耋！

题 解

《诗序》说:"《车邻》,美秦仲也。秦仲始大,有车马礼乐侍御之好焉。"这是一首赞扬秦国领导人秦仲之诗。秦仲是秦公伯之子,公元前845年至公元前822年在位,爱好礼乐文化。

此诗首章从拜会君子的途中写起,驾着白额骏马,车声"邻邻",飞奔在路上。后两句言等待寺人传令。第二、第三章描写与君子并坐同鼓瑟,亲密无间中透出悠闲与安乐。

蒹葭

蒹葭苍苍，白露为霜。^一
所谓伊人，在水一方。^二
溯洄从之，道阻且长。^三
溯游从之，宛在水中央。^四

蒹葭萋萋，白露未晞。^五
所谓伊人，在水之湄。^六
溯洄从之，道阻且跻。^七
溯游从之，宛在水中坻。^八

蒹葭采采，白露未已。^九
所谓伊人，在水之涘。^十
溯洄从之，道阻且右。^{十一}
溯游从之，宛在水中沚。^{十二}

译文

芦苇苍苍很茂盛，白露凝结变成霜。
所说的那个人啊，就在水那边。

逆流去找他，道路艰难又很长。

顺流去找他，仿佛就在水中央。

芦苇萋萋很茂盛，白露落下还未干。

所说的那个人啊，就在水岸边。

逆流去找他，道路艰难又很高。

顺流去找他，仿佛就在水中间。

芦苇采采很茂盛，白露还在下不停。

所说的那个人啊，就在水边上。

逆流去找他，道路艰难又弯曲。

顺流去找他，仿佛就在水中间。

注释

一　蒹葭（jiān jiā）：芦苇。苍苍：青苍色。一说为茂盛的样子。

　　白露为霜：白露凝结成霜。

二　伊人：那人。一说，伊是指示代词。一方：另一边。

三　溯洄（sù huí）：逆流而上。从：跟随，找寻。阻：险阻难行。

长：漫长。

三　溯游：顺流而涉曰溯游。

四　宛：宛然，仿佛，好像。

五　萋萋（qī）：又作凄凄，意与苍苍同。一说，凄凄，湿润的
样子。晞（xī）：干。

六　湄（méi）：水边，指水草交际之处，水之岸也。

七　跻（jī）：登高，升。又作"隮"。

八　坻：水中的小块陆地。小洲曰渚，小渚曰沚，小沚曰坻。
坻比沚小，沚比渚小，渚比洲小，都是水中之地。

九　采采：一说，同萋萋、苍苍。一说采摘。未已：未止。

十　涘（sì）：水边。

十一　右：迂回弯曲。

十二　沚（zhǐ）：水中的小滩，或作汀。

题 解

《诗序》说："《蒹葭》，刺襄公也。未能用周礼，将无以固
其国焉。"这是一首讽刺秦襄公不能用周礼治国，贤人不至之
诗。这首诗意境深远，也可以看作《诗经》里最动人的一首诗，

情意缠绵，是难得的抒情佳作。牛运震《诗志》说："国风中第一飘渺文字，极缠绵，极惝恍，纯是情，不是景；纯是窈远，不是悲壮。感慨情深，在悲秋怀人之外，可思不可言。"

现代学者重视男女之情，因此把此诗理解为一位男子追求意中人之诗，表达出男子对女子深深的思慕之情。全诗开篇便描绘出一幅芦苇苍苍的凄美秋景，那凝着微露的暮晚，水色缥缈，我所倾慕的女子，就行走在那水畔。我顺着那美丽的倩影去寻找，可她的身形总是飘忽。走向她的路艰难又悠长，可每当我觉得将要靠近她时，她却又转去了别的地方，她总是那样的遥不可及，我的思念在这样的煎熬中愈加沉重。这样理解虽然没有障碍，但离作诗者的本意可能距离比较远了。

晨风

鴥彼晨风，郁彼北林。^一
未见君子，忧心钦钦。^二
如何如何，忘我实多。^三

山有苞栎，隰有六驳。^四
未见君子，忧心靡乐。^五
如何如何，忘我实多。

山有苞棣，隰有树檖。^六
未见君子，忧心如醉。^七
如何如何，忘我实多。

译文

鹯鸟疾飞如箭出，倏忽已入北边林。
许久未见心上人，愁肠郁结心忧伤。
为之奈何又奈何，忘我实在太多了。

山上栎树长满坡，远处梓榆密斑驳。

许久未见心上人，满心忧愁难快乐。

为之奈何又奈何，忘我实在太多了。

从丛唐棣满山坡，低湿地里山梨多。

许久未见心上人，如同酒醉失魂魄。

为之奈何又奈何，忘我实在太多了。

注释

一　鴥（yù）：疾飞的样子。晨风：猛禽名，鹯也。郁：茂盛的样子。北林：北边的树林。

二　钦钦：忧愁的样子。

三　实多：实在太多。

四　栎（lì）：树名。驳（bó）：传说中能食虎豹的猛兽。驳如马，倨牙，食虎豹。一说为树名，梓榆也。

五　靡：无，没有。

六　棣（dì）：木名。又名棠棣。檖（suì）：果木名。又叫山梨。古代的一种野生梨。

七　如醉：如同喝醉酒一样。形容思念深。

鴥彼晨风，郁彼北林。

未见君子，忧心钦钦。

如何如何，忘我实多。

题 解

《诗序》说："《晨风》，刺康公也。忘穆公之业，始弃其贤臣焉。"此诗讽刺了秦康公不能继承秦穆公功业，不能任用贤才治国。秦康公罃是秦穆公和夫人穆姬所生之子，公元前620年至公元前609年在位。秦康公时，秦晋多次发生战争，晋人崛起，秦国渐趋没落。诗歌以鹰隼疾飞掠过，栖落在郁郁苍苍的北树林起兴，反复歌唱心中的思念和忧愁，使全诗笼罩着哀伤惆怅的气氛。

后代也有人认为这是一首女子思念丈夫之诗，方玉润《诗经原始》说："男女情与君臣义原本相通，诗既不露其旨，人固难以意测。"

无衣

岂曰无衣？与子同袍。^一
王于兴师，修我戈矛，与子同仇！^二

岂曰无衣？与子同泽。^三
王于兴师，修我矛戟，与子偕作！^四

岂曰无衣？与子同裳。
王于兴师，修我甲兵，与子偕行！^五

译文

怎能说我无衣裳？你我同穿一件袍。
国王发动了战争，修好利戈与长矛，我要与你同情怀！

怎能说我无衣裳？你我同穿内衣衫。
国王发动了战争，修好利戈与长戟，我要与你同振作！

怎能说我无衣裳？你我同穿一件裳。
国王发动了战争，修好利戈与长戟，我要与你同出发！

注释

一　袍：战袍。

二　兴师：发兵打仗。戈矛：古代兵器名。仇：匹，指心意相通。

三　泽：同"襗"，汗衣，内衣。

四　戟（jǐ）：兵器名，长丈六。作：起，振作。

五　偕行：同行，一起出发。

题解

　　《诗序》说："《无衣》，刺用兵也。秦人刺其君，好攻战亟用兵，而不与民同欲焉。"秦穆公、秦康公时，晋国渐强，秦晋战争频繁，这首诗虽写秦人同仇敌忾，但好战不与仁义合，因此，《诗序》认为这是讽刺秦国人喜好战争之诗。

　　全诗三章，采用了重叠复沓的形式。每章以问开头，句式统一，不断递进。"修我戈矛！""修我矛戟！""修我甲兵！"赋予此诗强烈的动作性，读来仿佛置身诗中，亲见战士们磨刀擦枪、舞戈挥戟的热烈场面。全诗洋溢着慷慨激昂、热情互助、乐观爽朗的英雄主义情感。

渭阳

我送舅氏，曰至渭阳。^一
何以赠之？路车乘黄。^二

我送舅氏，悠悠我思。^三
何以赠之？琼瑰玉佩。^四

译文

我给舅父去送行，恋恋不舍到渭阳。
用何礼物赠与他？一辆辂车四黄马。

我给舅父去送行，脉脉忧思念亲娘。
用何礼物赠与他？宝石美玉寄衷肠。

注释

一　舅氏：指重耳。渭：渭水。阳：山南水北曰阳。秦时都雍，
　　至渭阳者一般是东行，送到咸阳之地。

二　何以：用什么。赠：送。路车：辂车，大车，诸侯坐的车。

乘（shèng）黄：四匹黄马。

三　悠悠：形容思念悠长的样子。

四　琼瑰：美玉。

题 解

《诗序》说："《渭阳》，康公念母也。康公之母，晋献公之女。文公遭骊姬之难，未反，而秦姬卒。穆公纳文公，康公时为太子，赠送文公于渭之阳，念母之不见也。我见舅氏，如母存焉。及其即位，思而作是诗也。"秦康公之舅是晋公子重耳也，出亡在外，秦穆公帮助返回晋国即位，当时康公为秦太子，送重耳到渭阳，而作此诗。此诗简洁生动、句短情长。

方玉润《诗经原始》说："诗格老当，情致缠绵，为后世送别之祖，令人想见携手河梁时也。"后世杜甫"寒空巫峡曙，落日渭阳情"及储光羲"停车渭阳暮，望望入秦京"所用典故皆化于此诗。

权舆

於我乎，夏屋渠渠，今也每食无余。^一
於嗟乎，不承权舆。^二

於我乎，每食四簋，今也每食不饱。^三
於嗟乎，不承权舆。

译文

唉，我呀！从前盛馔多丰裕，而今每餐难有余。
唉！哪能再比当初。

唉，我呀！从前每餐四佳肴，而今每顿难吃饱。
唉！哪能再比当初。

注释

一　夏：大。渠渠：盛多的样子。

二　承：继承。权舆：开始。

三　簋（guǐ）：古代祭祀宴享时盛黍稷的器皿。簋，瓦器，容斗二升，方曰簠，圆曰簋，簠盛稻粱，簋盛黍稷。四簋指黍稷稻粱，食物丰盛。

题 解

《诗序》说："《权舆》，刺康公也。忘先君之旧臣与贤者，有始而无终也。"这是一首讽刺秦康公对旧臣与贤者的态度不能始终如一，今不如昔之诗。全诗两章，结构相同。第一章感叹自己现在与先前的生活差距之大，当初的时候君主给自己丰盛的饮食，而现在却仅仅是够吃而已。第二章陈述君主先前对自己礼遇有加，现在却让自己经常挨饿，感叹不能善始善终。此诗在反复咏叹中体现出今昔对比下的不满与无奈。

陈风

　　《陈风》是采自陈地的诗歌，存诗 10 首。陈是帝舜后人胡公妫（guī）满的封地，其地在今河南淮阳、柘城和安徽亳州一带。其诗多绮靡之风。

宛丘

子之汤兮，宛丘之上兮。^一
洵有情兮，而无望兮。^二

坎其击鼓，宛丘之下。^三
无冬无夏，值其鹭羽。^四

坎其击缶，宛丘之道。^五
无冬无夏，值其鹭翿。^六

译文

你在游荡啊，在那宛丘高地上啊。
我对你确实有情啊，怎奈感觉没有希望啊。

坎坎击鼓声，就在宛丘之下。
无论四季冬与夏，手中鹭羽一直摇。

坎坎击缶声，就在宛丘道上。
无论四季冬与夏，手中鹭翿一直摇。

宛丘

子之汤兮，宛丘之上兮。〔一〕
洵有情兮，而无望兮。〔二〕

坎其击鼓，宛丘之下。〔三〕
无冬无夏，值其鹭羽。〔四〕

坎其击缶，宛丘之道。〔五〕
无冬无夏，值其鹭翿。〔六〕

译文

你在游荡啊，在那宛丘高地上啊。
我对你确实有情啊，怎奈感觉没有希望啊。

坎坎击鼓声，就在宛丘之下。
无论四季冬与夏，手中鹭羽一直摇。

坎坎击缶声，就在宛丘道上。
无论四季冬与夏，手中鹭翿一直摇。

注 释

一 子：大夫。汤：同"荡"，游荡。宛丘：四方高中间低的地方。一说宛丘在陈国都城东南处。

二 洵：确实。

三 坎：拟声词，击鼓的声音。

四 无冬无夏：指一年到头。值：持，举着。鹭羽：鹭鸟之羽，可以制成翳，舞者拿在手中摇晃用。

五 缶：瓦器，古时做打击乐器。

六 翿（dào）：犹"翳"，舞具。

题 解

《诗序》说："《宛丘》，刺幽公也。淫荒昏乱，游荡无度焉。"

这是一首讽刺陈幽公身为君主，不能修德治国，以致国人荒淫游荡之诗。该诗描述的是一个宛丘之上的游荡者，受到舞女的喜欢，这说明陈国民风不淳朴，以此讽刺陈幽公。诗歌首章写舞女倾慕宛丘之上的君子，但对这份感情却不敢抱有期望，第二、第三章描述了舞女终日苦练舞乐的场面。

衡门

衡门之下，可以栖迟。^一
泌之洋洋，可以乐饥。^二

岂其食鱼，必河之鲂？^三
岂其取妻，必齐之姜？^四

岂其食鱼，必河之鲤？^五
岂其娶妻，必宋之子？^六

译文

横木为门屋简陋，可以栖身暂居留。
泌水清清长流淌，清水也能充饥肠。

寻常鱼味亦鲜美，谁说只有鲂鱼香？
荆钗布裙亦好人，谁说娶妻必齐姜？

寻常鱼鲜亦味美，谁说只有鲤鱼香？
荆钗布裙亦好人，谁说娶妻必宋子·？

注 释

一　衡门：以横木为门，言居住简陋。栖迟：居住，止息。

二　泌（bì）：水名，在今河南唐河上游。洋洋：水流盛大的样子。乐饥：乐于其道而忘记饥饿。

三　岂其：难道。鲂：一种鱼，外形像鳊鱼而较宽，味美。

四　齐之姜：齐国姜姓之女，大国之女。

五　宋之子：宋国子姓之女。

题 解

　　《诗序》说："《衡门》，诱僖公也。愿而无立志，故作是诗以诱掖其君也。"此诗所表达的是安贫乐道之意，目的是鼓励陈僖公勤俭节约。诗中说房屋简陋，有栖身之地即可；饮食简单，可以充饥即可；吃鱼不必一定要鲂鱼或鲤鱼，娶妻不必一定要贵族的齐国姜姓之女或宋国子姓之女。诗歌简洁明快、言浅意深，对后世影响深远。陶渊明《癸卯岁十二月中作与从弟敬远》就有"寝迹衡门下，邈与世相绝。顾盼莫谁知，荆扉昼常闭"之句。

东门之池

东门之池，可以沤麻。^一
彼美淑姬，可与晤歌。^二

东门之池，可以沤纻。^三
彼美淑姬，可与晤语。

东门之池，可以沤菅。^四
彼美淑姬，可与晤言。

译文

东门之外护城河，可以泡麻织衣裳。
良善美丽姬姑娘，可以和她唱唱歌。

东门之外护城河，可以浸洗那苎麻。
良善美丽姬姑娘，可以和她说说话。

东门外有护城河，可以浸洗那菅草。
良善美丽姬姑娘，可以和她聊聊天。

注释

一　池：池塘，一说护城河。沤：沤麻，将麻放在水里浸泡几天，然后才能剥下麻皮。

二　淑姬：女子美称。一本淑作叔，一说姬家三姑娘。淑：善。晤：相对，晤歌指相对唱歌。

三　纻（zhù）：苎麻。

四　菅（jiān）：菅草，一种类似于茅的草，可以搓绳。

题 解

《诗序》说："《东门之池》，刺时也。疾其君之淫昏，而思贤女以配君子也。"此诗写男女相会，并希望求得淑女配君子。用以讽刺陈国风俗轻浮，君臣荒淫好色。

诗歌以浸泡麻起兴，点明了情感发生的情境是在城东门外。在泡麻的过程中，男女青年互诉衷肠、感情日笃，一起欢快地劳作。诗歌的语言很平淡，但语浅情深，愈淡愈妙。

东门之杨

东门之杨，其叶牂牂。[一]
昏以为期，明星煌煌。[二]

东门之杨，其叶肺肺。[三]
昏以为期，明星晢晢。[四]

译文

东门之外白杨树，树枝茂密叶葱葱。
佳人相约黄昏后，启明星亮人未至。

东门之外白杨树，树枝茂密叶青青。
与君相约黄昏后，东方星明人未至。

注释

一　牂牂（zāng）：树叶茂密的样子。一说风吹树叶的声音。

二　昏以为期：相约黄昏的时候见面。古人婚礼一般在黄昏举行。

　　明星：启明星。煌煌：十分明亮的样子。

三　肺肺（pèi）：同旆旆。

四　晢晢（zhé）：同煌煌。

题解

　　《诗序》说："《东门之杨》，刺时也。婚姻失时，男女多违。亲迎女犹有不至者也。"诗的内容是写结婚迎亲，但到了夜里还没有见人。首讽刺陈国风气大坏，婚礼中男子亲迎而女子不至。诗歌语言简洁，生动形象，极富有画面感，宋词中"月上柳梢头，人约黄昏后"与此有异曲同工之妙。

防有鹊巢

防有鹊巢，邛有旨苕。^一
谁侜予美？心焉忉忉！^二

中唐有甓，邛有旨鹝。^三
谁侜予美？心焉惕惕！^四

译文

堤上有鹊巢，土丘长苕草。
哪个骗了我美人？我心忧愁又烦恼！

庭院瓦铺道，土丘生鹝草。
哪个骗了我美人？我心烦恼又忧愁！

注释

一　防：堤岸，堤坝。邛（qióng）：小土山，一说为地名。
　　苕：一种蔓生植物，生长于低湿之地，茎如劳豆而细，叶似
　　蒺藜而青，其茎叶绿色，可生食。

二　侜（zhōu）：蒙蔽，欺骗。予美：我心爱之人。忉忉：忧愁的样子。

三　中：中庭。唐：庭堂前或宗庙内的大路。甓（pì）：砖。鹢（yì）：草名，绶草。

四　惕惕：担心害怕的样子。

题 解

《诗序》说："《防有鹊巢》，忧谗贼也。宣公多信谗，君子忧惧焉。"此诗表达了君子对进谗言之人的痛恨与现实的忧虑。诗歌以堤上筑鹊巢、土丘长水草、庭院瓦铺道、山上长绶草等现实中不可能出现的情况来比喻自己忧虑不安之情。

后世也有学者认为这是表达情人之间担忧之情的。方玉润《诗经原始》说："夫《风》诗托兴甚远，凡属君亲朋友，意有难宣之处，莫不假托男女夫妇词婉转以达之。"这首诗也是用男女之词来传达讽谏之意的。

月出

月出皎兮，佼人僚兮。^一
舒窈纠兮，劳心悄兮。^二

月出皓兮，佼人懰兮。^三
舒忧受兮，劳心慅兮。^四

月出照兮，佼人燎兮。^五
舒夭绍兮，劳心惨兮。^六

译文

月儿出来亮晶晶，照见美人多漂亮。
缓缓行步体窈窕，思念使我心烦恼。

月儿出来多皎洁，照见美人多俊俏。
曼妙倩影我所思，思念使我心烦恼。

月儿出来照四方，照见美人多好看。
曼妙倩影若蝉娟，思念使我心烦恼。

注 释

一　皎（jiǎo）：洁白。佼：同"姣"。佼人：美人。僚：美好的样子。

二　舒：舒缓。窈纠：走路舒缓的样子，犹窈窕。劳：忧思。悄：暗自忧愁。

三　皓：明亮。�办（liǔ）：美好的样子。

四　忧受：忧思。慅（cǎo）：忧愁。

五　燎：明。

六　夭绍：纠结的样子。

题 解

《诗序》说："《月出》，刺好色也。在位不好德，而说美色焉。"这是一首讽刺陈国领导人好色之诗。此诗抒发的是月下怀人之情，而采诗者认为陈国领导人愉悦于美色，而不及才德，故陈诗以刺之。

焦竑《焦氏笔乘》说："《月出》见月怀人，能道意中事。"中国诗歌中月下怀人的意境历来多见，南朝民歌就有"仰头望明月，寄情千里光"之句。

株林

胡为乎株林，从夏南？^一
匪适株林，从夏南！^二

驾我乘马，说于株野。
乘我乘驹，朝食于株。^三

译文

为何要往株林去，难道是去寻夏南？
其实并非去株林，仅为去把夏南寻！

驾我四马跑不停，车停马歇那株林。
再换我的四匹驹，赶到株林会夏姬。

注释

一　株林：陈国的邑名，大夫夏征舒的封邑。时夏征舒年幼，随
　　母亲夏姬食于株林。夏姬貌美，陈灵公常常去往株林，淫
　　于夏姬。株是邑名，林是野的意思，株林即株邑的郊外。

从：跟。夏南：即夏征舒，夏征舒字子南。

二　匪：通"非"。适，往，去。

三　乘马、乘驹之乘（shèng）为量词，一车驷马为一乘。说（shuì），停留。朝食，吃早饭。古代天子乘的马曰龙，高七尺以上；诸侯乘的马曰马，高六尺以上；大夫、士乘的马曰驹，高五尺以上。这里言陈灵公又乘马，又乘驹，变易车乘，以至株林。或停留嬉戏于郊野，或吃早饭与株邑。一说"乘驹"指随行的大夫。

题 解

《诗序》说："《株林》，刺灵公也。淫乎夏姬，驱驰而往，朝夕不休息焉。"此诗揭露并讽刺了陈灵公君臣与夏姬淫乱的丑恶行径。陈灵公平国是陈共公朔之子，公元前613年至公元前599年在位。《史记·陈杞世家》载，灵公十四年，灵公与其大夫孔宁、仪行父皆通于夏姬，从而导致陈国内乱。

诗歌以问答的形式，委婉含蓄、冷峻幽默地讽刺了陈灵公君臣的无耻行为。方玉润《诗经原始》说："盖公卿行淫，朝夕往从所私，必有从旁指而疑之者。即行淫之人亦自觉忸怩难

驾我乘马，说于株野。
乘我乘驹，朝食于株。

安，故多隐约其辞，故作疑信言以答讯者，而饰其私。诗人即体此情为之写照，不必更露淫字而宣淫无忌之情已跃然纸上，毫无遁形，可谓神化之笔。"

桧风

  《桧风》是采自桧地的诗歌，共存诗 4 首。桧，本又作郐，"高辛氏之火正祝融之后，妘姓之国"，在今河南密县一带，后为郑所灭。

羔裘

羔裘逍遥，狐裘以朝。^一
岂不尔思？劳心忉忉！^二

羔裘翱翔，狐裘在堂。^三
岂不尔思？我心忧伤！

羔裘如膏，日出有曜。^四
岂不尔思？中心是悼！^五

译文

穿着羔裘逍遥游，穿着狐裘上朝堂。
难道我不想你吗？我的心里多烦恼！

穿着羔裘到处逛，穿着狐裘入朝堂。
难道我不想你吗？我的心里很忧伤！

羔裘油光又发亮，日出就能有光彩。
难道我不想你吗？我的心里真哀伤！

注 释

一　羔裘：羔羊皮袍。狐裘：狐皮袍。古人穿衣亦有礼。羔裘在
郊游宴饮的场合穿，狐裘上朝时穿。也就是说，大夫平时穿
羔裘，朝见天子时穿狐裘。逍遥：自由任意游乐。

二　岂不尔思：岂不思尔。尔：你。劳心：忧心。忉忉：忧心的
样子。

三　翱翔：本指鸟儿展开翅膀回旋飞翔的样子，这里指引申义，
悠闲自由游乐的样子，意同"逍遥"。堂：公堂，朝堂，
大夫朝见君主的地方。

四　膏：油脂。曜：同"耀"，日光。这里指羔裘在阳光照耀下，
闪亮润泽如涂了一层油脂一样。

五　悼：哀伤。

题 解

　　《诗序》说："《羔裘》，大夫以道去其君也。国小而迫，君
不用道，好洁其衣服，逍遥游燕，而不能自强于政治，故作是
诗也。"桧国君主治国不以其道，大夫无奈离去，诗人因此作诗
讽谏，表达了士大夫对国家危亡的忧思之情。

　　后代也有学者认为这是一首描述女子相思的诗。诗中女子

羔裘逍遥，狐裘以朝。
岂不尔思？劳心忉忉！

思念之人能够穿"羔裘""狐裘"，可见应是一位贵族男子。因为无法明说的原因，他们可能无法在一起，因此女子脑海中反复出现着男子身着不同衣裳的画面，可见相思之深。

素冠

庶见素冠兮，棘人栾栾兮，劳心慱慱兮！ ^一
庶见素衣兮，我心伤悲兮！聊与子同归兮。 ^二
庶见素韠兮，我心蕴结兮！聊与子如一兮。 ^三

译文

幸见有人着丧帽，煎熬消得人憔悴，忧思不绝心惶惶！
幸见有人着丧衣，得见此景悲难抑！且愿与之同归处。
幸见有人着素韠，得见此景心郁结！且愿与子行如一。

注释

一　庶：幸而。素冠：白色丧帽。棘：急，一说即"瘠"。栾栾：
　　瘦瘠貌，鲁诗作"脔脔"。慱慱（tuán）：忧劳貌。

二　素衣：白布丧服。同归：同样，一致。

三　韠（bì）：蔽膝，朝觐或祭祀用以遮蔽在裳前。蕴结：郁结。
　　如一：同样。

题 解

《诗序》说:"《素冠》,刺不能三年也。"此诗称赞古人守孝能够尊礼,讽刺了诗人所处时代大家不能够居丧守礼的现实。以美为刺,通过赞美有人守三年之丧,以批评当时人不能守孝。

诗歌共三章,从"素冠""素衣"到"素鞸",既是视觉上的变化,也是情感上的递进,展现了孝子全身素白的形象,渲染了哀伤不止的愁苦气氛。

隰有苌楚

隰有苌楚，猗傩其枝。^一
夭之沃沃，乐子之无知。^二

隰有苌楚，猗傩其华。
夭之沃沃，乐子之无家。^三

隰有苌楚，猗傩其实。
夭之沃沃，乐子之无室。

译文

低湿之地生羊桃，枝条柔顺又婀娜。
枝柔叶肥美光泽，无知无识惹人羡。

低湿之地生羊桃，繁华一片多俊俏。
枝柔叶肥有光泽，无人无家令人羡。

低湿之地生羊桃，果实累累满枝条。
枝柔叶肥美光泽，无家无室令人羡。

注 释

一　苌（cháng）楚：植物名，又名羊桃。猗傩（nuó）：同"婀娜"，柔美。

二　夭：小的样子。沃沃：壮。一说有光泽的样子。

三　无家：无家室之累。下文"无室"同。

题 解

　　《诗序》说："《隰有苌楚》，疾恣也。国人疾其君之淫恣，而思无情欲者也。"此诗为身处乱世，生活困苦之人所作，抒发了生活中的辛酸，讽刺了国君的荒淫无道，抒发了乱世中人不如草木的辛酸。

　　诗歌以洼地旁自由自在的苌楚起兴，充分展示了乱离之世百姓的忧苦之境。诗人因为忧患，甚至羡慕草木的无知无觉、无家无室。诗歌语言简洁而内涵深厚，余韵令人回味不尽。

曹风

　　《曹风》是采自曹地的诗歌，共存 4 首。周武王既定天下，封弟叔振铎于曹，在今山东菏泽、定陶、曹州一带。曹地民俗本来厚重，多君子，务稼穑，人民富足。但因地在鲁、卫之间，生活安逸，渐渐骄侈。当周惠王时，政衰，曹昭公好奢而任小人，因此曹人写诗讽刺。

蜉蝣

蜉蝣之羽，衣裳楚楚。¯
心之忧矣，于我归处。²

蜉蝣之翼，采采衣服。³
心之忧矣，于我归息。

蜉蝣掘阅，麻衣如雪。⁴
心之忧矣，于我归说。⁵

译文

蜉蝣翅儿薄又亮，真像鲜明新衣裳。
朝生暮死心忧伤，与我归宿都一样。

蜉蝣展翅在飞翔，衣裳华丽闪闪亮。
朝生暮死心忧伤，与我归宿都一样。

蜉蝣掘洞刚飞出，麻衣清洁如白雪。
朝生暮死心忧伤，你我归宿都一样。

一 蜉（fú）蝣（yóu）：昆虫名，朝生夕死，有羽翼。楚楚：鲜
　　明的样子。

二 归：归处。

三 采采：众多的样子。

四 掘：挖掘。阅：通"穴"，洞穴。麻衣：蜉蝣翅上有斑纹，称
　　其为麻衣。一说为朝服。如雪：洁白如雪。

五 说：同"税"，止。

题 解

　　《诗序》说："《蜉蝣》，刺奢也。昭公国小而迫，无法以自
守，好奢而任小人，将无所依焉。"曹昭公生活奢侈，只在意服
饰鲜洁而不关注民生，人民自觉朝生暮死，不能久存，忧虑国
家前途，因而作诗以刺之。表达了感慨生命短暂之意。

　　蜉蝣在自然界中本是一种生命极其短暂的生物，朝生暮
死，此诗以蜉蝣起兴，即用以比拟短暂的生命。蜉蝣虽然有
"衣裳楚楚""麻衣如雪"等华丽的外表，却难脱死亡的结局，
人生亦是如此，那些功名利禄即是世人追逐的华丽外在，其实
是无用的，死亡是生命终极的归宿。

鸤鸠

鸤鸠在桑，其子七兮。^一
淑人君子，其仪一兮。^二
其仪一兮，心如结兮。^三

鸤鸠在桑，其子在梅。
淑人君子，其带伊丝。^四
其带伊丝，其弁伊骐。^五

鸤鸠在桑，其子在棘。
淑人君子，其仪不忒。^六
其仪不忒，正是四国。^七

鸤鸠在桑，其子在榛。
淑人君子，正是国人。
正是国人，胡不万年。^八

译文

布谷筑巢桑树间，其子就有七个多。
今有贤善美君子，品行表里终如一。
品行表里终如一，衷心耿耿永不移。

布谷筑巢桑树间，小鸟嬉戏梅树颠。
今有贤善美君子，丝带束腰真不凡。
丝带束腰真不凡，玉色皮帽花色鲜。

布谷筑巢桑树上，小鸟飞在枣树间。
今有贤善美君子，品行端好无偏差。
品行端好无偏差，四方邦国好榜样。

布谷筑巢桑树上，小鸟飞翔榛树间。
今有贤善美君子，国人之中好榜样。
国人之中好榜样，何不祝他寿绵长。

鸤鸠在桑，其子在棘。

淑人君子，其仪不忒。

其仪不忒，正是四国。

注释

一 鸤（shī）鸠：布谷鸟。桑、梅、棘、榛，皆鸤鸠所在之树名。

　　七：虚数，言其数量之多。

二 淑：善。仪：言行仪表。

三 结：坚定，固结。

四 带：衣带。伊，是。

五 弁（biàn）：皮帽。骐：青黑色花纹的马，这里用来形容帽子
　　的饰物。

六 忒（tè）：偏差。

七 四国：四方邦国。

八 正：使动用法，使……正，匡正。

题解

　　《诗序》说："《鸤鸠》，刺不壹也。在位无君子，用心之不
壹也。"此诗借赞美君子出众的仪态与品质，讽刺了在位统治者
无君子之德，不能用心治国。

　　诗歌以"其仪一兮""其仪不忒""正是国人"反复强调了君
子应有的仪表和责任，但是在当时的现实中，曹国领导人并未达
到这个境界，因此，孔颖达认为本诗作用为"举善以驳时恶"。

豳风

　　《豳风》是采自豳地的诗歌，共存 7 首。夏道衰，后稷之子不窋（zhú）奔戎狄之间，居北豳。不窋生鞠陶，鞠陶生公刘，公刘复修后稷之业，沿泾河流域南迁，至豳之谷。北豳在今甘肃庆阳、宁县一带，豳谷在陕西彬县、旬邑一带。今甘肃庆阳仍有周旧邦及不窋庙和公刘庙。

东山

我徂东山，慆慆不归。^一
我来自东，零雨其濛。^二
我东曰归，我心西悲。^三
制彼裳衣，勿士行枚。^四
蜎蜎者蠋，烝在桑野。^五
敦彼独宿，亦在车下。^六

我徂东山，慆慆不归。
我来自东，零雨其濛。
果臝之实，亦施于宇。^七
伊威在室，蠨蛸在户。^八
町畽鹿场，熠耀宵行。^九
不可畏也，伊可怀也。^十

我徂东山，慆慆不归。
我来自东，零雨其濛。
鹳鸣于垤，妇叹于室。^{十一}
洒扫穹窒，我征聿至。^{十二}
有敦瓜苦，烝在栗薪。^{十三}

自我不见，于今三年。

我徂东山，慆慆不归。
我来自东，零雨其濛。
仓庚于飞，熠耀其羽。^{十四}
之子于归，皇驳其马。^{十五}
亲结其缡，九十其仪。^{十六}
其新孔嘉，其旧如之何？^{十七}

译文

我到东山去远征，悠悠数年不能回。
今天我从东山回，烟霭濛濛雨绵绵。
人在东山说西归，心便西向长伤悲。
战袍换下着常裳，从此不用口衔枚。
山蚕缓缓往前爬，桑树上住久成家。
孤身独睡缩成团，战车底下权当床。

我到东山去远征，悠悠数年不能回。

今天我从东山回，烟霭濛濛雨绵绵。
小小瓜蒌一串串，藤蔓挂在房檐下。
土鳖虫儿房里爬，蛛网结网门上挂。
田地成了野鹿场，萤火虫儿点点亮。
故园荒凉不可怕，却最牵扯我思量。

我到东山去远征，悠悠数年不能回。
今天我从东山回，烟霭濛濛雨绵绵。
鹳立土堆哀哀鸣，妇人在家长叹息。
堵缝塞隙把屋扫，盼我征夫早还乡。
有此葫芦团又圆，撂在柴堆没人管。
自我不见此情景，却是阔别整三年。

我到东山去远征，悠悠数年不能回。
今天我从东山回，烟霭濛濛雨绵绵。
想那一天黄莺忙，羽儿耀耀闪着光。
当年美人新嫁时，五花颜色大马车。
娘为女儿结佩巾，九十仪式求吉祥。
新婚当时真美满，久别重逢又怎样？

注释

一　慆慆：同"滔滔"，形容久。

二　零雨：下雨。零，落也。一说为小雨。濛：下小雨的样子。

三　西悲：西向悲伤。

四　裳衣：平民的衣服，指换下战袍。士：同"事"，从事，作动词。枚：古代行军时士卒衔于口用以禁止喧哗的器具，形如箸。

五　蜎蜎（yuān）：蠕动的样子。蠋（zhú）：鳞翅目昆虫的幼虫。烝：处在。

六　敦：形容卷曲成一团。一说为独处不移的样子。

七　果蠃（luǒ）：植物名，即瓜萎。施（yì）：延续，延伸。宇：屋檐。

八　伊威：土鳖虫。蟏（xiāo）蛸（shāo）：长脚蜘蛛。

九　町（tīng）畽（tuǎn）：院旁空地。熠（yì）燿：光亮闪烁的样子。宵行：即磷火。一说为虫名。

十　伊：是。怀：怀念。

十一　鹳（guàn）：水鸟名。垤（dié）：蚁冢。

十二　穹（qióng）：洞。窒（zhì）：堵塞。聿：虚词，有"将"的意思。

十三　有敦：即敦敦，圆圆的样子。苦：苦涩。一说同"瓠"。

瓜苦：即瓠瓜，也就是葫芦。古代礼俗，结婚时要将瓠瓜剖为两半，夫妻各执一瓢，舀酒漱口，称合卺（jǐn）之礼。故这里提到瓠瓜。栗：一说为栗木，一说为劈。

十四　仓庚：黄莺。仓庚仲春而鸣，当为嫁取之时。熠燿：羽鲜明的样子。

十五　皇：黄色。驳：杂色。马黄白曰皇，骝白曰驳。

十六　缡（lí）：古代女子所用之佩巾。后因称结婚为结缡。

十七　新：指新婚。孔：很。嘉：善。

题 解

《诗序》说："《东山》，周公东征也。周公东征，三年而归，劳归士，大夫美之，故作是诗也。"这是描述周公东征，士人长期征战后，在归途中猜想久别的家园及与妻子即将重逢时的种种情景的诗。

诗篇写的是周公东征三年，士兵勤劳辛苦，在归家途中的所见所思。"我徂东山，慆慆不归。我来自东，零雨其濛"在诗歌的每章中反复吟诵，突出了此诗抑郁沉顿的感伤主题。诗歌曲折巧妙，情感深挚自然。《诗序》说："一章言其完也，二章言其思也，三章言其室家之望女也，四章乐男女之得及时也。君子之于人，序其情而闵其劳，所以说也。'说以使民，民忘其死'，其唯《东山》乎?"此诗真切地描绘了战争对于普通人生活与心理的冲击，对后世影响很大，曹操《苦寒行》就说"悲彼东山诗，悠悠令我哀"。

伐柯

伐柯如何？匪斧不克。^一
取妻如何？匪媒不得。^二

伐柯伐柯，其则不远。^三
我觏之子，笾豆有践。^四

译文

若想砍树枝，斧子缺了事不成。
若想娶贤妻，媒人缺了行不通。
砍树枝啊砍树枝，其实规则在眼前。
我要娶的女子啊，当以笾豆排行迎。

注释

一　柯：树木的枝干。克：能。

二　媒：媒人。

三　则：法则。不远：不用去远处寻求。

四　觏：婚媾。之子：这个人。笾（biān）：古代祭祀和宴会时

盛果脯的竹器，形状像木制的豆。豆：木质食具。践：排列
成行。

题 解

　　《诗序》说："《伐柯》，美周公也。周大夫刺朝廷之不知
也。"这是一首赞扬周公之德，不满群臣恶意猜测之诗。以伐木
用斧头和娶妻要媒人来说明，如果要想周公能尽心尽力，就要
给周公充分的信任。"伐柯如何？匪斧不克"与"伐柯伐柯，其
则不远"是兴中有比。

雅

小雅

　　《小雅》共存诗74首，作者有上层贵族，也有下层平民。除部分作品产生于东周之外，西周宣王、幽王时期的作品居多。

鹿鸣

呦呦鹿鸣，食野之苹。^一
我有嘉宾，鼓瑟吹笙。^二
吹笙鼓簧，承筐是将。^三
人之好我，示我周行。^四

呦呦鹿鸣，食野之蒿。^五
我有嘉宾，德音孔昭。^六
视民不恌，君子是则是效。^七
我有旨酒，嘉宾式燕以敖。^八

呦呦鹿鸣，食野之芩。^九
我有嘉宾，鼓瑟鼓琴。
鼓瑟鼓琴，和乐且湛。^十
我有旨酒，以燕乐嘉宾之心。^{十一}

译文

鹿儿呦呦叫不停，唤来同伴食野苹。
我有满座好宾客，奏乐弹瑟把笙吹。

簧片鼓动笙乐起，盛满竹筐礼贵宾。
礼数周到嘉宾喜，告我大道乐不停。

鹿儿呦呦叫不停，结伴同行食青蒿。
我有满座好宾客，谈吐优雅道理明。
待人宽厚不刻薄，君子纷纷来仿效。
斟得满杯献宾朋，嘉宾畅饮喜盈盈。

鹿儿呦呦叫不停，同往原野食芩草。
我有满座好宾客，弹琴鼓瑟把乐奏。
弹琴鼓瑟把乐奏，谐和快乐友谊深。
斟得满杯献宾朋，欢乐永驻客心中。

注释

一　呦呦（yōu）：鹿叫的声音。苹：草名，一说为浮萍。一说
　　为赖蒿。一说为扫帚草，据说鹿觅得食物后，即呼叫同类，
　　一起享用。故两句以鹿鸣起兴，表示诚恳招饮之情。

二　嘉：善，好。嘉宾：贵宾。鼓瑟（sè）：弹瑟。鼓，动词，

弹；瑟，古弹拨乐器。笙：古代的一种簧管乐器，用竹和匏制成，笙长四寸，十三簧，像凤身，是燕礼所用之乐。

三　鼓簧（huáng）：即吹笙，鼓动簧片而发声。簧：笙中的舌片。承：捧着。筐：指用来盛币、帛礼品的竹器。将：送。承筐是将：即捧着盛币帛礼品的筐送给嘉宾。

四　人：客人，指嘉宾。好我：喜爱我。示：告诉，指示。周行：大道，引申为治国的道理。

五　蒿：青蒿。

六　德音：美誉。一说为道德之教。孔：很，大。

七　视：同"示"。恌（tiāo）：同佻，偷薄，刻薄，轻佻。君子：贵族，一般的统治者。则：法则。傚（xiào）：仿效。三家诗或作"效"。

八　旨酒：美酒。式：语助词，无义。燕：通"宴"，宴饮。一说，燕，安也，即安适。敖：通"遨"，游玩。一说，"敖，舒畅快乐。"

九　芩（qín）：草名，蒿草的一种。

十　湛（zhàn）：深，长久。一说，湛是"媅"的假借字，一说，湛是为"耽"的假借字。

十一　燕：安。

题 解

　　《诗序》说："《鹿鸣》，燕群臣嘉宾也。既饮食之，又实币帛筐筐，以将其厚意，然后忠臣嘉宾得尽其心矣。"这是一首描写天子宴群臣宾客之诗，体现了周天子与群臣的融洽关系。上博简《孔子诗论》说："《鹿鸣》以乐始而会，以道交见善而傚，终乎不厌人。"道出了这首诗的深刻内涵。

　　本诗以呦呦和鸣的鹿群起兴，描写君臣宴会的其乐融融，洋溢着欢快的气氛。马瑞辰曰："此诗三章，文法参差，而义实相承。首章前六句言我敬宾，后二句言宾之善我。二章前六句即承首章人好我言，后二句乃言我之乐宾。三章即接言宾之乐，后二句又申我之乐宾，以明宾之乐实我有以致之也。"本诗通过对奏乐及宴饮的描述，展现出一幅君臣其乐融融的画面，阐述了孔子所说的"君使臣以礼，臣事君以忠"的理想君臣关系，并体现出周代的礼乐文明。又朱熹《诗集传》说："盖君臣之分，以严为主；朝廷之礼，以敬为主。然一于严敬，则情或不通，而无以尽其忠告之益，故先王因其饮食聚会，而制为燕飨之礼，以通上下之情；而其乐歌，又以鹿鸣起兴。"全篇布局自然巧妙，音律和谐流畅，意境深远优美，在三百篇中实属佳作。

伐木

伐木丁丁，鸟鸣嘤嘤。^一
出自幽谷，迁于乔木。^二
嘤其鸣矣，求其友声。^三
相彼鸟矣，犹求友声。^四
矧伊人矣，不求友生？^五
神之听之，终和且平。^六

伐木许许，酾酒有藇。^七
既有肥羜，以速诸父。^八
宁适不来，微我弗顾。^九
於粲洒扫，陈馈八簋。^十
既有肥牡，以速诸舅。^{十一}
宁适不来，微我有咎。^{十二}

伐木于阪，酾酒有衍。^{十三}
笾豆有践，兄弟无远。^{十四}
民之失德，干糇以愆。^{十五}
有酒湑我，无酒酤我。^{十六}

坎坎鼓我，蹲蹲舞我。[十七]
迨我暇矣，饮此湑矣。[十八]

译文

伐木之声叮叮响，鸟儿嘤嘤叫得欢。
鸟儿本从幽谷出，迁往高大树木上。
嘤嘤鸣声所为何，呼朋引伴求应和。
看那欢唱的小鸟，尚知寻伴到处鸣。
何况我们身为人，怎能无友度一生？
静心凝神仔细听，可得平静与安宁。

伐木之声许许响，酒水虽薄醇又香。
肥美羊羔已备好，快请叔伯来品尝。
他们即便不过来，非我礼节不周详。
屋里洁净又清爽，八盘美味摆席上。
备好肥美小公羊，请我舅舅尝一尝。
即便他们不能来，不叫旁人论短长。

伐木正在山坡上，美酒盈杯将溢出。

盘儿碗儿列整齐，兄弟朋友莫相忘。

人们为何失情谊，招待不周便是错。

家中美酒取出来，没酒快快去买来。

鼓儿敲起咚咚响，扬起长袖翩翩舞。

待到我们空暇时，摆上美酒来欢饮。

注 释

一　丁丁（zhēng）：伐木声。嘤嘤：鸟和鸣声。

二　幽谷：深谷。迁：迁徙。乔：高大。

三　求：呼求。

四　相：看。

五　矧（shěn）：况且，而且。

六　神之听之：凝神听。终：既。

七　许许（hǔ）：象声词，伐木发出的声音。酾（shī）酒：薄酒。
　　莤（xù）：美酒。

八　羜（zhù）：出生五个月的小羊。亦泛指未长大的小羊。速：
　　召。诸父：父亲的同族兄弟们。

九　宁：宁可。微：无。

十　於：感叹词。粲：明净的样子。洒扫：打扫。陈：陈设。馈：食物。簋（guǐ）：古代祭祀宴享时盛黍稷的器皿。

十一　诸舅：母亲的同族兄弟们。

十二　咎：过失。

十三　阪：山坡。衍：溢出。

十四　践：陈列整齐的样子。无远：勿远，不远。

十五　干糇（hóu）：干粮。糇，食。愆：过错。

十六　湑（xǔ）：将酒滤清。酤（gū）：买酒。

十七　坎坎：击鼓的声音。蹲蹲：跳舞的样子。

十八　迪：及。暇：闲暇。

题解

《诗序》说："《伐木》，燕朋友故旧也。自天子至于庶人，未有不须友以成者。亲亲以睦，友贤不弃，不遗故旧，则民德归厚矣。"这是一首期待与贤人为友，期望通过燕饮增进亲友情谊的诗。

首章以鸟儿嘤嘤鸣叫求其好友起兴，节奏欢快自然，既

伐木许许，酾酒有藇。
既有肥羜，以速诸父。

赞美小鸟飞出深谷迁于高处仍成群结队、呼朋引伴，同时也比喻主人公地位提高之后仍不忘故旧。燕饮中主人以肥嫩的羔羊和醇香的美酒宴请诸位长辈，又有鼓乐、舞蹈助兴，表现出一幅其乐融融的画面。特别是其中"有酒湑我，无酒酤我。坎坎鼓我，蹲蹲舞我"排比句的运用，更是把宴会的氛围渲染到了极致。

采薇

采薇采薇，薇亦作止。^一
曰归曰归，岁亦莫止。^二
靡室靡家，玁狁之故。^三
不遑启居，玁狁之故。^四

采薇采薇，薇亦柔止。^五
曰归曰归，心亦忧止。^六
忧心烈烈，载饥载渴。^七
我戍未定，靡使归聘。^八

采薇采薇，薇亦刚止。^九
曰归曰归，岁亦阳止。^十
王事靡盬，不遑启处。^{十一}
忧心孔疚，我行不来。^{十二}

彼尔维何？维常之华。^{十三}
彼路斯何？君子之车。^{十四}
戎车既驾，四牡业业。^{十五}
岂敢定居？一月三捷。^{十六}

驾彼四牡，四牡骙骙。^{十七}
君子所依，小人所腓。^{十八}
四牡翼翼，象弭鱼服。^{十九}
岂不日戒？猃狁孔棘。^{二十}

昔我往矣，杨柳依依。^{二十一}
今我来思，雨雪霏霏。^{二十二}
行道迟迟，载渴载饥。^{二十三}
我心伤悲，莫知我哀。

译文

采薇菜啊采薇菜，薇菜破土刚发芽。
说回家啊说回家，一年快完愿难达。
我今无家又无室，只因猃狁把仗打。
昼夜颠倒难休息，要和猃狁去厮杀。

采薇菜啊采薇菜，薇菜刚生娇嫩芽。
说回家啊说回家，愁思不已心如麻。

忧心忡忡如火烧，一路行来饥又渴。
防守之地无定处，欲传家书不得成。

采薇菜啊采薇菜，薇菜长成茎坚忍。
说回家啊说回家，转眼十月又到了。
公家差使无休止，奔忙不得瞬时栖。
忧愁洌洌久成疾，离家甚久不得回。

如此盛放是何花？唯是美丽棠棣花。
高大战车谁来坐？将帅驱驰来往返。
战车整饬将欲发，马匹雄骏高又大。
边地哪敢图安居？一月捷报频来传。

戎车四驾纵辔行，马匹强壮显威仪。
车马威仪将帅乘，兵士凭它做隐蔽。
四匹壮马向前行，鱼皮箭袋象牙弓。
怎可一日不警戒？狎狁来犯势紧急。

昔日从军上战场，杨柳依依好春光。

如今收兵归家去，雪花纷纷漫天扬。

道路泥泞行路慢，饥渴难耐真劳累。

我心伤感满腔悲，谁人能解我愁肠。

注 释

一　薇：菜名。也称野豌豆，嫩苗可食。作：初生。止：语助词。

二　莫：同"暮"，年终。

三　靡：无。猃（xiǎn）狁（yǔn）：也作"猃狁"，周代对北方游牧民族的称呼。秦汉时称"匈奴"，隋唐时称"突厥"，也统称"北狄"。

四　遑（huáng）：闲暇。启居：跪坐，这里指休息。

五　柔：柔嫩。

六　忧：担心。

七　烈烈：忧愁的样子。

八　定：止。聘：问。

九　刚：坚硬。

十　阳：指夏历十月。

十一　盬（gǔ）：止息。

十二　疚：病。来：到。

十三　尔：通"苶"。花盛貌。常：常梨，常棣，即棠棣。

十四　路：同"辂"，车高大的样子。

十五　业业：马强壮的样子。此诗"四牡业业""四牡骙骙""四
　　　牡翼翼"意思相近。

十六　定：止。三捷：多次胜利。

十七　骙骙（kuí）：马强壮的样子。

十八　腓（féi）：隐蔽。

十九　翼翼：马行列整齐的样子。鱼服：指用鲨鱼皮制作的箭袋。

二十　戒：戒备。孔：很。郑笺曰："孔，甚。"棘：同"急"。

二十一　杨柳：树名。依依：柳条随风摆动的样子。

二十二　思：语助词。霏霏：雪很大的样子。

二十三　迟迟：长远。

题 解

　　《诗序》说："《采薇》，遣戍役也。文王之时，西有昆夷之
患，北有狎狁之难。以天子之命，命将率，遣戍役，以守卫中
国。故歌《采薇》以遣之。"中国古代一直受北方少数民族的侵

扰，为了抗击游牧民族的入侵，战争是不可避免的。这首诗虽然是送别北征战士之诗，在表现了北征战士英勇抗击入侵者的英雄气概的同时，也充分表现了战争的残酷，以及诗人对战士征战之苦的同情。

诗歌前三章以野豌豆的生长过程起兴，表现出诗人在流逝时间中的思家之苦。第四、第五章则回忆了诗人在战场上奋勇杀敌的情形，对战马、弓箭等的细致描写生动展现出当时激烈的战争场面，真实记录了将士们的艰苦生活。最后一章寓情于景，再次抒发了诗人戍边归来的悲凉情绪。王夫之《姜斋诗话》中说："昔我往矣，杨柳依依。今我来思，雨雪霏霏。以乐景写哀，以哀景写乐，一倍增其哀乐。"程俊英等《诗经注析》中说："这种以相反的景物来衬托感情的写法，往往能收到更强的艺术效果。"所以"昔我往矣，杨柳依依。今我来思，雨雪霏霏"成为千古传颂的名句。

菁菁者莪

菁菁者莪，在彼中阿。^一
既见君子，乐且有仪。^二

菁菁者莪，在彼中沚。^三
既见君子，我心则喜。

菁菁者莪，在彼中陵。^四
既见君子，锡我百朋。^五

泛泛杨舟，载沉载浮。^六
既见君子，我心则休。^七

译文

萝蒿茂盛菁菁然，长在向阳南山坡。
已经见到君子面，心中喜乐有威仪。

萝蒿茂盛菁菁然，长在河中小洲上。
已经见到君子面，心中喜乐盈满怀。

萝蒿茂盛菁菁然，长在高高丘陵上。
已经见到君子面，胜过赏我千百朋。

杨木船儿水中游，有时沉来有时浮。
既已见到君子颜，我心安定不发愁。

注释

一 菁菁：指草木茂盛的样子。莪（é）：蒿草的一种，又称
萝蒿。中阿：即"阿中"。阿为山的幽曲处。

二 乐：喜乐。仪：礼仪。

三 中沚：同"中阿"，"沚中也"。沚：水中小洲。

四 中陵："陵中也"。陵：丘陵。

五 锡：通"赐"。百朋：古者以贝为货币，五贝为朋。百朋，
言其多，故有喜色。

六 泛泛：漂浮的样子。杨舟：杨木的船。载：则，且，又。

七 休：指安定、踏实下来。

泛泛杨舟，载沉载浮。
既见君子，我心则休。

题 解

　　《诗序》说："《菁菁者莪》，乐育材也。君子能长育人材，则天下喜乐之矣。"此诗赞美周天子注重培育人才。周天子对优秀贤才加官进爵，为百姓所乐见。徐干《中论·艺纪篇》亦曰："先王之欲人之为君子也，故立保氏，掌教六艺。……《诗》曰'菁菁者莪，在彼中阿。既见君子，乐且有仪'。美育人才，其犹人之于艺乎。"诗篇以"菁菁者莪"起兴，热烈称赞了君子对贤才的栽培之情，颂美了君子"乐且有仪"的品德与风度。第三章则描述了君子的丰厚赏赐，末章以"我心则喜""我心则休"等语表达了内心的愉悦与感激。

　　后世也有人认这是一首燕饮宾客之诗。

庭燎

夜如何其？夜未央，庭燎之光。^一
君子至止，鸾声将将。^二

夜如何其？夜未艾，庭燎晣晣。^三
君子至止，鸾声哕哕。^四

夜如何其？夜乡晨，庭燎有辉。^五
君子至止，言观其旂。^六

译文

当下夜色是何时？夜未尽天未明，可见宫中烛之光。
群臣早早来朝见，将将车铃不绝耳。

当下夜色是何时？夜未尽天未明，可见廷中之微光。
群臣早早来朝见，銮铃叮当车缓行。

当下夜色是何时？夜将尽天即明，可见廷中之晨辉。
群臣早早来朝见，看到旌旗已分明。

注释

一　夜如何其：夜色是什么时辰？夜未央：夜未尽，即天没亮。庭燎：宫廷中用来照明的火烛。

二　君子：朝臣。止：语气词。鸾声：车铃声。将将：通"锵锵"，铃声。

三　艾：尽。晰晰（zhé）：光亮，亮光。

四　哕哕（huì）：有节奏。

五　乡晨：向晨，将明。辉：火烛将尽时烟光相杂的样子。

六　旂（qí）：古代画有两龙并在竿头悬铃的旗。

题解

　　《诗序》说："《庭燎》，美宣王也。因以箴之。"这是一首赞美周宣王勤政之诗，同时兼有劝谏领导人应该全心全意为人民服务之意。描写宫廷早朝的景象，赞美周宣王勤于政事。

　　诗共三章，首章写夜半之时不安于寝，急于视朝，看到外边已有亮光，知已燃起庭燎；又听到鸾声叮当，知诸侯已有入朝者。说明百官皆不敢怠于事，而宣王亦能勤于政事、重视朝仪。第二章写时间稍后，但黑夜尚未尽，庭燎之光一片通明，

夜如何其？夜乡晨，庭燎有辉。
君子至止，言观其旂。

銮铃之声不断，诸侯陆续到来。第三章写晨曦已见，天渐向明，庭燎已不显其明亮。诗歌共三章，反复描绘了天子与诸侯大臣朝会的庄严肃穆。

黄鸟

黄鸟黄鸟，无集于穀，无啄我粟。^一
此邦之人，不我肯穀。^二
言旋言归，复我邦族。^三

黄鸟黄鸟，无集于桑，无啄我粱。
此邦之人，不可与明。^四
言旋言归，复我诸兄。^五

黄鸟黄鸟，无集于栩，无啄我黍。^六
此邦之人，不可与处。^七
言旋言归，复我诸父。^八

译文

黄鸟呀黄鸟，不要停在楮树上，不要啄食我粟米。
这个邦国的人们，不以善道对待我。
我要快快回家去，重又回到我家乡。

黄鸟呀黄鸟，不要停在桑树上，不要啄食我高粱。

这个邦国的人们，不讲道理真荒唐。

我要快快回家去，回归故土见兄长。

黄鸟呀黄鸟，不要停在栎树上，不要啄食我黍米。

这个邦国的人们，不可共处相来往。

我要快快回家去，回到叔伯那家乡。

注 释

一　黄鸟：黄雀。榖（gǔ）：楮树。

二　榖（gǔ）：善待。"不我肯榖"指不肯以善待我。

三　言：助词，于是。旋：归。复：返回。邦族：邦国族人。

四　不可与明：不可说明白，指不讲道理。一说"明"当为
　　"盟"，信也。

五　诸兄：同族兄弟。

六　栩：柞树。

七　处：居，相处。

八　诸父：同族叔伯。

黄鸟黄鸟，无集于穀，无啄我粟。

此邦之人，不我肯穀。

言旋言归，复我邦族。

题 解

　　《诗序》说："《黄鸟》，刺宣王也。"这是一首流落异国之人，思归家乡之诗，兼以讽刺周宣王。上博简《孔子诗论》说："《黄鸟》，则困而欲反其故也，多耻者其方之乎?""反其故"，即思归家乡之意。周宣王后期不能用贤，社会渐趋混乱、民不聊生，以致流落异国之人，思归咏叹。

　　诗歌反复咏叹着"此邦之人，不我肯穀""此邦之人，不可与明""此邦之人，不可与处"表达了流亡异乡、遭遇他邦之人不友善的失望与孤独。而"言旋言归，复我邦族""言旋言归，复我诸兄""言旋言归，复我诸父"则抒发了对故土与家乡父老的思念之情。语言简洁形象，情感平实动人。

无将大车

无将大车，祗自尘兮。^一
无思百忧，祗自疧兮。^二

无将大车，维尘冥冥。^三
无思百忧，不出于颎。^四

无将大车，维尘雍兮。^五
无思百忧，祗自重兮。^六

译文

不要推扶那大车，徒劳无功惹灰尘。
小人居职不思政，多想徒然自伤身。

不要推扶那大车，尘土扬起蔽人目。
小人居职不思政，耿耿忧心事不明。

不要推扶那大车，尘土飞扬蔽人目。
小人居职不思政，多想忧思把病生。

注释

一　将：用手推车。大车：用牛拉的载重的车。祇：只是。尘：动词，招致尘土。

二　百：多。痻（qí）：病。

三　维：发语词。冥冥：昏暗的样子。

四　颎（jiǒng）：光明。一说为忧愁，一说为心烦耳热。

五　雍：通"壅"。堵塞，遮蔽。

六　重：累。

题解

　　《诗序》说："《无将大车》，大夫悔将小人也。"这是一首周大夫后悔提携小人之诗。是周大夫推荐小人以职位，谁知对方不能胜任，以致自己病累。《荀子·大略》说："言无与小人处也。"《易林·井之大有》："大舆多尘，小人伤贤。皇父司徒，使君失家。"都认为是诗人后悔推荐小人任职的诗。

　　"无将大车，祇自尘兮""无将大车，维尘冥冥""无将大车，维尘雍兮"应是用来起兴的写作手法。有人误以为"无将大车"是实写，所以认为这首诗是行役劳苦而忧思者之作，或者推挽大车者所作。诗歌采用回环往复的形式，在反覆咏唱中

无将大车，祇自尘兮。
无思百忧，祇自痕兮。

宣泄内心的情感，语言朴实真切，格调类似国风。事实上，就诗的风格而言，国风和小雅、小雅和大雅、大雅和颂之间是很难截然分开的。

裳裳者华

裳裳者华，其叶湑兮。^一
我觏之子，我心写兮。^二
我心写兮，是以有誉处兮。^三

裳裳者华，芸其黄矣。^四
我觏之子，维其有章矣。^五
维其有章矣，是以有庆矣。^六

裳裳者华，或黄或白。^七
我觏之子，乘其四骆。^八
乘其四骆，六辔沃若。^九

左之左之，君子宜之。^十
右之右之，君子有之。^{十一}
维其有之，是以似之。^{十二}

译 文

鲜花真艳丽，枝叶也茂盛。

我见美好的君子，心中真是很放松。

心中真是很放松，能够与他乐相处。

鲜花真艳丽，颜色黄又盛。

我见美好的君子，举止得体有才华。

举止得体有才华，能有福庆得保障。

鲜花真鲜艳，有黄又有白。

我见美好的君子，驾着四马气轩昂。

驾着四马气轩昂，六条缰绳有光泽。

辅佐明君的贤人，明君听其言从其行。

辅佐明君的忠臣，明君观其言而知其人。

明君能有贤君子，留予世子能继承。

注释

一 裳裳：同"堂堂"，明艳的样子。一说裳作常，常棣也。华：花。湑（xǔ）：茂盛的样子。

二 觏（gòu）：遇见，看见。写：宣泄，放松。

三 誉：通"豫"。欢愉；安乐。处：居住的地方。

四 芸：花叶多的样子。一说为深黄色。

五 章：文采，才华。

六 庆：喜庆。

七 或：有的。

八 骆：黑鬃黑尾的白马。

九 六辔：六根驾驭马的缰绳。沃若：光润的样子。

十 左：与下句的"右"一样，都指辅佐的人。之：语气词。
君子：一说为上三章的"之子"，一说指古之明王。

十一 有：获得。

十二 似：同"嗣"，继承。

题 解

《诗序》说："《裳裳者华》，刺幽王也。古之仕者世禄。小人在位则谗谄并进，弃贤者之类，绝功臣之世焉。"这是一首通过赞扬古代明君重视功臣忠臣以批评周幽王行为反动之诗。

全诗四章，前三章赞美了诸侯君子的才华横溢、文质彬彬，末章勉励他们要继承祖业，辅佐天子。诗歌语言典雅，层次分明，特别是末章简洁自然、韵语天成。

鸳鸯

鸳鸯于飞，毕之罗之。^一
君子万年，福禄宜之。^二

鸳鸯在梁，戢其左翼。^三
君子万年，宜其遐福。^四

乘马在厩，摧之秣之。^五
君子万年，福禄艾之。^六

乘马在厩，秣之摧之。
君子万年，福禄绥之。^七

译文

鸳鸯往来双双飞，用网用罗捕回来。
敬祝君子寿万年，天赐福禄适合他。

鸳鸯成双栖河梁，收敛左翅埋其喙。
敬祝君子寿万年，天赐福禄给他享。

鸳鸯

鸳鸯于飞，毕之罗之。[一]
君子万年，福禄宜之。[二]

鸳鸯在梁，戢其左翼。[三]
君子万年，宜其遐福。[四]

乘马在厩，摧之秣之。[五]
君子万年，福禄艾之。[六]

乘马在厩，秣之摧之。
君子万年，福禄绥之。[七]

译文

鸳鸯往来双双飞，用网用罗捕回来。
敬祝君子寿万年，天赐福禄适合他。

鸳鸯成双栖河梁，收敛左翅埋其喙。
敬祝君子寿万年，天赐福禄给他享。

乘驾之马拴于厩，铡草与谷去喂养。
敬祝君子寿万年，天赐福禄将给他。

乘驾之马栖于厩，铡草与谷去喂养。
敬祝君子寿万年，安享福禄永佑他。

注释

一　鸳鸯：匹鸟，止则相耦，飞则为双。于：语助词。毕：有长柄的捕鸟小网。罗：支在地上无柄的捕鸟大网。

二　君子：谓明王也，指天子。宜：安享。

三　梁：指拦鱼的水坝。戢（jí），一说为收敛，另一说为鸳鸯休息时把嘴插在翅膀里。

四　遐：远，久。遐福即久福。

五　乘（shèng）马：指四匹马，古时四匹马拉一车，称一乘。厩，马棚。摧：通"莝（cuò）"，指铡草喂马。秣（mò）：谷物，这里指以谷喂马。

六　艾：养。一说助也。

七　绥：宜为安享。

鸳鸯在梁，戢其左翼。
君子万年，宜其遐福。

题 解

　　《诗序》说：“《鸳鸯》，刺幽王也。思古明王，交于万物有道，自奉养有节焉。”这是一首借对古圣王美好品德的赞美，讽刺周幽王奢侈浪费、暴殄天物之诗。诗歌以鸳鸯双飞的美好画面起兴，象征的是君子生活安乐、福禄无限，后两章以马在厩食草料象征君子享福安然。全诗语言简洁而又意味深远。

青蝇

营营青蝇，止于樊。^一
岂弟君子，无信谗言。^二

营营青蝇，止于棘。^三
谗人罔极，交乱四国。^四

营营青蝇，止于榛。^五
谗人罔极，构我二人。^六

译文

青蝇营营叫不停，飞在篱笆上面停。
君子其人多平易，害人谗言勿相信。

青蝇营营叫不停，飞在棘树上面停。
谗人无休亦无止，扰乱邦国不太平。

青蝇营营叫不停，飞在榛木上面停。
谗人无休亦无止，无端构陷我二人。

注 释

一　营营：苍蝇的叫声。一说往来貌。三家诗作"謍"。樊（齐诗作"藩"；鲁诗作"藩"，亦作"蕃"；韩诗作"栚"）：篱笆。

二　岂弟：同"恺悌"，平易和乐。

三　棘：酸枣树。

四　人：鲁诗作"言"。罔极：无休无止。一说没有法则，一说不中正。交：俱。

五　榛：木名，幼时植以为藩。

六　构：合也，犹交乱也；一说诽谤。二人：指作者与听者。

题 解

　　《诗序》说："《青蝇》，大夫刺幽王也。"这是一首讽刺周幽王不听劝谏而信宠褒姒，废黜申后与太子之诗。

　　诗歌以"营营青蝇"起兴，表达的是对那些向当政者进谗的小人的憎恨之情。朱熹说："诗人以王好听谗言，故以青蝇飞声比之，而戒王以勿听也。"同时诗歌以营营青蝇为喻，刻画出了那些向当政者进谗的小人的丑恶嘴脸，增强了诗歌的讽刺和谴责的力度。此诗虽然篇幅简短，但是因为起兴与比喻的恰当，使诗人的憎怒之情跃然纸上。

苕之华

苕之华，芸其黄矣。^一
心之忧矣，维其伤矣！^二

苕之华，其叶青青。^三
知我如此，不如无生！^四

牂羊坟首，三星在罶。^五
人可以食，鲜可以饱！^六

译文

凌霄之花盛开时，繁茂黄花色鲜明。
我心忧愁如此烈，心中痛苦又悲伤！

凌霄之花盛开时，枝叶青翠又茂盛。
早知活着这样苦，当初不如不出生！

母羊饥饿头更大，捕鱼篓里空无鱼。
乱世衰亡人何食，终日不能填饥肠！

注释

一　苕（tiáo）：植物名，又名凌霄花，盛开时色黄。华：花。
　　芸其：即芸芸，深黄的样子。

二　维、其：语助词。伤：悲伤。

三　青青：茂盛的样子，同"菁菁"。

四　无生：不出生。

五　牂（zāng）羊：母羊。坟：大。意为羊的头本来是很小的，
　　因为饥饿身体瘦小而显得头大。三星：泛指星光。罶（liǔ）：
　　捕鱼竹器。

六　人可以食：可即何，意为人吃什么呢？一说此句意为人即使
　　可以勉强得到些食物，一说为人吃人。鲜：少。

题解

　　《诗序》说："《苕之华》，大夫闵时也。幽王之时，西戎东
夷交侵中国，师旅并起，因之以饥馑。君子闵周室之将亡，伤
己逢之，故作是诗也。"这首诗是周大夫怜悯人民疾苦所作，周
幽王无道，同时又受到外敌的入侵，人民疾苦，诗人深悲其不
幸而作此诗。

　　诗歌以凌霄花的充满生机起兴，转而言己之忧，生不逢

苕之华，芸其黄矣。

心之忧矣，维其伤矣！

时，遭遇荒年饥馑，并以繁花似锦反衬出百姓在荒年的九死一生，语言与情感极为沉痛。王照圆《诗说》云："举一羊而陆物之萧索可知，举一鱼而水物之凋耗可想。"

何草不黄

何草不黄？何日不行？ ^一
何人不将？经营四方。 ^二

何草不玄？何人不矜？ ^三
哀我征夫，独为匪民。 ^四

匪兕匪虎，率彼旷野。 ^五
哀我征夫，朝夕不暇。 ^六

有芃者狐，率彼幽草。 ^七
有栈之车，行彼周道。 ^八

译文

哪有草儿不枯黄？哪些日子不奔忙？
哪个人啊不出征？往来经营奔四方。

哪有草儿不腐烂？哪个不是单身汉？
可怜我们出征人，偏偏不被当人看。

出征之人非牛虎，常在旷野奔不停。

可怜我们出征人，早忙晚碌多劳苦。

狐狸尾巴毛蓬松，躲进路旁深草丛。

征夫坐于役车上，行于漫长大道中。

注释

一　行：奔走。首两句的意思是没有草儿不枯黄，没有一日不是
　　奔走于道路。

二　将：行。这两句的意思是，没有人不从役，往来劳苦奔四方。

三　玄：赤黑色，这里指草枯烂之时的颜色。矜：通"鳏"，无妻
　　之人。

四　哀：可怜。匪民：非人，这里指遭受非人待遇，不被当作人
　　看待。

五　匪：通"非"。一释为"彼"，匪、彼古通用。兕（sì）：犀
　　牛。率：沿着。

六　暇：空闲。这两句意思是，可怜我这征夫啊，早晚忙碌没有
　　空闲。

有芃者狐，率彼幽草。
有栈之车，行彼周道。

七　芃（péng）：草木茂盛的样子，此处指狐狸毛蓬松丛杂。

　　幽草：深草。

八　栈："棧"的假借字，车高的样子。车：指征夫坐的役车。

　　周道：大道。

题 解

　　《诗序》说："《何草不黄》，下国刺幽王也。四夷交侵中国背叛，用兵不息，视民如禽兽。君子忧之，故作是诗也。"周幽王时，四夷入侵，征战不息，人民苦于行役，心有愁怨，诸侯国不堪其苦，作诗讽刺周幽王。

　　诗中以野草的枯黄喻征夫的辛劳憔悴，通过连续发问和情景描写，诉说了征夫被统治者视为草芥和禽兽，过着常年在外奔波的非人生活。诗歌感情强烈，道出了征夫的悲苦。方玉润在《诗经原始》中说这是"亡国之音哀以思"。

大雅

  《大雅》共 31 篇，大多为西周中后期作品。其作者多为周王朝上层人物。叙述内容多与周朝的历史、政治、军事、祭祀等活动相关。相对于《小雅》的灵秀清丽，《大雅》格调较为庄严肃穆。但《大雅》气象高妙，布局严整，读来也颇具韵味。

文王

文王在上，於昭于天。^一
周虽旧邦，其命维新。^二
有周不显，帝命不时。^三
文王陟降，在帝左右。^四

亹亹文王，令闻不已。^五
陈锡哉周，侯文王孙子。^六
文王孙子，本支百世。^七
凡周之士，不显亦世。^八

世之不显，厥犹翼翼。^九
思皇多士，生此王国。^十
王国克生，维周之桢。^{十一}
济济多士，文王以宁。^{十二}

穆穆文王，於缉熙敬止。^{十三}
假哉天命，有商孙子。^{十四}
商之孙子，其丽不亿。^{十五}
上帝既命，侯于周服。^{十六}

侯服于周，天命靡常。^{十七}
殷士肤敏，祼将于京。^{十八}
厥作祼将，常服黼冔。^{十九}
王之荩臣，无念尔祖！^{二十}

无念尔祖，聿修厥德。^{二十一}
永言配命，自求多福。^{二十二}
殷之未丧师，克配上帝。^{二十三}
宜鉴于殷，骏命不易。^{二十四}

命之不易，无遏尔躬。^{二十五}
宣昭义问，有虞殷自天。^{二十六}
上天之载，无声无臭。^{二十七}
仪刑文王，万邦作孚。^{二十八}

译 文

文王在天上，德昭全天下。
周朝虽为旧邦国，接受天命新气象。
周朝前途甚光明，天帝之命恰逢时。
文王有道以德治，常顺天而宜其意。

文王勤勉而无倦，美好声誉传四方。
布施恩惠于邦民，文王子孙皆传承。
文王子孙多兴旺，本宗旁支百世昌。
凡是周室有德臣，世代显贵又荣光。

世代显贵又荣光，谋事谨慎且周详。
皇天多降贤良士，生于周朝王土上。
周朝之国多贤士，都是国家好栋梁。
栋梁之才聚一堂，文王以此得安邦。

文王品行多美善，光明磊落又谨慎。
天帝之命多伟大，殷商子孙归周邦。
殷商子孙多繁盛，何止亿万难估量。
上帝既已下命令，殷商恭顺服周邦。

殷商臣服归周邦，可见天命并无常。
殷士诸臣有美德，来京助祭陪周王。
士臣助祭行灌礼，助祭仍穿殷服装。
今王任用诸臣下，当念先祖来效法。

牢记祖德永毋忘，修行其德配天命。
顺应天命不违背，自求多福多吉祥。
殷商未丧天下时，能应天命顺势行。
借鉴殷商兴亡事，天之大命不可改。

天之大命不可改，切勿断送你手上。
教化万民明礼义，顺天之意而施行。
上天意欲为之事，无声无闻难预料。
效法文王而行事，四方万国皆敬仰。

注释

一　在上：在天上。於：叹美之辞。昭：明。

二　旧邦：古老的邦国。命：天命。

三　有：发语词。不：通"丕"，大。时：美。

四　陟：升。降：下。在帝左右：在上帝的左右。

五　亹（wěi）亹：勤勉不倦。令：善。

六　陈锡：即陈赐，厚赐之意。哉：通"在"。

七　本：本宗。支：支子。

八　士：臣子。一说不通"丕"，"不显亦世"意为大显于世。

九　厥：其。犹：谋。翼翼：恭敬谨慎。

十　思：语助词。皇：美称。

十一　维：是。桢：干，坚韧木材。

十二　济济：整齐的样子。

十三　穆穆：肃穆勤勉的样子。缉熙：奋发前进。

十四　假：大。

十五　丽：数目。不亿：言多，指商之子孙其数不止亿。

　　　亿：十万。一说不亿指不多，为藐视殷商之词。

十六　侯：维，语助词。服：臣服。

十七　靡：无。

十八　殷士：从殷朝归服而来的旧臣。肤：美。敏：勤勉。

　　　裸：灌礼。祭祀时在神主面前铺上白茅，将酒浇在茅上，

　　　以象征神饮酒。将：行。京：大也。

十九　常：通"尚"。黼（fǔ）：礼服上白与黑相间的斧形花纹，

　　　这里指代殷服。冔（xǔ）：殷冠名。

二十　荩臣：忠臣。

二十一　无：鲁诗作"毋"。聿：鲁诗作"述"，发语词，一说犹

　　　　惟也。

二十二　永：长。言：一说助词，一说指我。

二十三　师：众，丧师，指失去人民的信任与拥护。

二十四　宜：齐诗作"仪"。骏：齐诗作"峻"，大。

二十五　遏：止。

二十六　义：一说指善，一说指礼义。有：又。

二十七　载：鲁诗作"絆"，事也。

二十八　仪：宜，应当，一说指效法。刑：鲁诗作"形"，法。

　　　　邦：齐诗作"国"。孚：信。

王国克生，维周之桢。
济济多士，文王以宁。

题 解

《诗序》说："《文王》，文王受命作周也。"这是周公所作的一首诗，主要是赞扬周文王历史功绩的史诗。周文王姬昌，是周太王之孙，季历之子，其父死后即位为西伯，在位第四十二年称王，史称周文王，在位期间"克明德慎罚"，勤于政事，礼贤下士，是中国历史上德治文明的最成功的实践者。公元前1056年去世，公元前1046年，姬昌嫡次子周武王姬发伐纣灭商，追尊姬昌为文王。

这首诗主要是追念周文王的功绩。全诗共七章，第一、第二章赞美文王生有美德，上天赐福；第三、第四章写文王之福延及子孙；第五章写商朝子孙臣服；第六、第七章诫勉周朝子孙与商朝后裔都要以文王为榜样，以令天下万国永远信服。值得注意的是，诗中成功地运用了连珠顶真的修辞技巧，姚际恒《诗经通论》说："每四句承上语作转韵，委委属属，连成一片。曹植《赠白马王彪诗》本此。"又《孙月峰》说："全诗只述事谈理，更不用景物点注，绝去风云月露之态，然词旨高妙，机轴浑化，中间转折变换，略无痕迹，读之觉神采飞动，骨劲而色苍，真是无上神品。"虽不无溢美之词，但是也说出了此诗的特色所在。

思齐

思齐大任，文王之母。[一]
思媚周姜，京室之妇。[二]
大姒嗣徽音，则百斯男。[三]

惠于宗公，神罔时怨，神罔时恫。[四]
刑于寡妻，至于兄弟，以御于家邦。[五]

雍雍在宫，肃肃在庙。[六]
不显亦临，无射亦保。[七]

肆戎疾不殄，烈假不瑕。[八]
不闻亦式，不谏亦入。[九]

肆成人有德，小子有造。[十]
古之人无斁，誉髦斯士。[十一]

译文

端庄肃敬之太任，正是文王之生母。

美好亲切之太姜，她是文王之祖母。

太姒继承美遗风，多子多男周室兴。

文王继顺先公德，先公有灵无怨容，先公之灵无伤心。

文王以礼待嫡妻，进而影响众兄弟，推而至于家与邦。

家室和睦又雍容，宗庙严肃又庄重。

文王之德显其明，虽无射才居高位。

故而大难皆断绝，辉煌之业长悠远。

良计善策皆举用，孝悌之言记在心。

故而成人有善德，未受教者将有为。

先圣诲人不厌倦，皆是誉满天下人。

注释

一　思：语首助词。齐：同"斋"，端庄、肃敬。大任：即太任，文王的母亲。

二　媚：爱，悦，好也。周姜：即太姜，文王的祖母。京室：王室也。

三　大姒：即太姒，文王之妃。嗣：嗣续、继承。徽：美好。音：行声誉。百：言其多，非实指，大姒鱼油十子，众妾则宜有百子。斯：语助词。

四　惠：指顺从。宗公：宗神，即先公、祖先。神：先公的神灵。罔：无。时：所。怨：怨言，不满。恫：痛也，指痛心、伤心。

五　刑：法也，作动词用，指文王以礼法接待其妻。寡妻：指嫡妻。御：迎，迎犹进至、推及，言遍及整个家邦；一说治也。

六　雍雍：和睦的样子。宫：先秦时期指家。肃肃：恭敬貌。庙：宗庙，祭祀的地方。

七　不显：不明显。临：临视，视察。无射：没有射击的才能。射：古代六艺之一，是贵族们需要掌握的一项重要技能。保：居也，指居高位。一说不、无皆为语助词，不显即显也，无射即射也。

八　肆：语助词，有所以的意思。戎：毛传云大也，戎疾即大难。

另一说戎疾指西戎的祸患。不：语气助词。不殄：即殄，断
绝的意思。烈：业，指辉煌的功业。假：言其大。不遐：即
遐，深远的意思。

九　闻：闻达。式：起用。谏：谏诤。入：采纳。另有一说，两
个"不"字皆为语助词，不闻即闻，不谏即谏，则此二句是
说闻善言则用之，进谏则纳之。

十　成人：大夫士，或指成年人，或指受过教育的君子，与下句
"小人"相对。德：美德。小人，与上句"成人"相对，或指
儿童未成年人，或指"君子小人"之小人。有造：即有为，
有成。

十一　古之人：指文王。无致：不已。致（yì）：厌、满足。
誉：美名，有声望，这里作动词用。髦：即俊才，有才
之士。

题　解

《诗序》说："《思齐》，文王所以圣也。"诗中赞美了周文王
的祖母、母亲和妻子三位女性，即"周室三母"。文王祖母周
姜（太姜）、文王生母太任和文王妻子太姒都有贤德，所以周

雍雍在宫，肃肃在庙。
不显亦临，无射亦保。

文王能有盛德，是先周世有贤妃之助。

　　诗共有四章，过去的学者认为首章言大任德行纯备，故能生此文王，是其所以圣也。第二章以下，言文王德当神明，施化家国，下民变恶为善，小大皆有所成，是其圣之事也。诗中"刑于寡妻，至于兄弟，以御于家邦"体现了宗法制度下修身、齐家、治国、平天下的递进之道。薛瑄曰："《思齐》一诗，修身、齐家、治国、平天下之道备焉。"

既醉

既醉以酒，既饱以德。^一
君子万年，介尔景福。^二

既醉以酒，尔殽既将。^三
君子万年，介尔昭明。^四

昭明有融，高朗令终。^五
令终有俶，公尸嘉告。^六

其告维何？笾豆静嘉。^七
朋友攸摄，摄以威仪。^八

威仪孔时，君子有孝子。^九
孝子不匮，永锡尔类。^十

其类维何？室家之壶。^{十一}
君子万年，永锡祚胤。^{十二}

其胤维何？天被尔禄。^{十三}

君子万年，景命有仆。^{十四}

其仆维何？釐尔女士。^{十五}

釐尔女士，从以孙子。^{十六}

译文

天子赐酒醉酩酊，天子赐食受恩惠。

愿我天子寿万年，世代永享福禄瑞。

天子赐酒醉酩酊，天子又赐美佳宴。

愿我天子寿万年，政教常善作明君。

赫赫之福用不衰，美名嘉誉能善终。

善终必有好开始，神主将有好祝愿。

神主善言是什么？净洁笾豆放盘中。

亲朋好友共襄助，循规蹈矩心虔诚。

隆重礼仪合时宜，愿君后世孝子传。

孝子不绝永相继，王族受命祚永昌。

您的族类将如何？王庭深宫道细长。

愿我天子寿万年，天命赐福永禄贵。

王之后嗣什么样？天命赐福世禄贵。

愿我天子寿万年，天命赐仆以服侍。

王族受命如何传？天命赐妃有善德。

天命赐妃有善德，孝子贤孙永不绝。

注释

一 既：已经。

二 君子：此处指周成王。介：助词。景：指大的意思。

三 肴（yáo）：佳肴、菜肴。将：行，送。

四 昭明：光明的意思。

五 融：长，长远。有：又。朗：高明、光明之意。令：善也。

六　俶（chù）：开始。公：君也。尸：祭祀时代替祖先的形象接受祭祀的那个人称为"尸"，祖先若是君主，则称为"公尸"。

七　笾（biān）：在古代宴会或祭祀中用于盛果脯的竹器，形状与豆相似。豆：古代一种木制高脚食器。静嘉：清洁美好的样子。

八　朋友：同门曰朋，同志曰友。攸：则。一说"攸"犹"是"。摄：佐助，这里指陪同祭祀。

九　孔：甚也。时：善也。

十　匮：竭，指衰竭之意。永：长。类：善，法，指法则。

十一　壸（kǔn）：广也。

十二　祚：福禄。胤（yìn）：子孙。

十三　禄：福。

十四　仆：附，附属的意思。

十五　釐（lài）：予，指赐予、给予之意。

十六　从：随也，随从的意思。一说重也。

既醉以酒，既饱以德。

君子万年，介尔景福。

题 解

　　《诗序》说:"《既醉》,太平也。醉酒饱德,人有士君子之行焉。"这是周王祭祀结束后宴会群臣,大臣祝福天子之歌。

　　整首诗从开始到结束表达的都是祝福之意,感谢饮食恩意之厚,而愿天子受福永远。诗歌通篇皆为祝福词,表达了对天子长寿祥瑞,子孙福禄绵长的美好祝愿。诗歌语言简洁生动,气象雍容典雅。

颂

周颂

颂是宗庙祭祀的舞曲歌辞，内容多是歌颂祖先的功业的，共有40首，其中《周颂》31篇，是周王室的宗庙祭祀诗，除了单纯歌颂祖先功德外，还有一部分于春夏之际向神祈求丰年或秋冬之际酬谢神的乐歌，从中可以看到西周初期农业生产的情况。

清庙

於穆清庙，肃雍显相。^一
济济多士，秉文之德。^二
对越在天，骏奔走在庙。^三
不显不承，无射于人斯。^四

译文

啊，庄严清明宗庙堂，助祭恭顺又安详。

众人聚堂来祭祀，文王之德要秉承。

报答宣扬我先祖，庙中奔走多迅捷。

后继有人来发扬，王道铭记不忘却。

注释

一　於（wū）：赞叹词，即呜呼。穆：壮美，美好。清庙：祭
　　有清明之德者之宫也，文王天德清明，所以文王庙称清庙。
　　肃：敬肃。雍：和谐。显：高贵显赫。相：助祭的卿相。

二　济济：多，一说指威仪整齐。多士：指众多参与祭祀之士。
　　秉：执行。文之德：一说为文王之德，一说为文德之人。

三　对越：报答宣扬。在天：文王在天之灵。骏：疾，迅速。

四　不：通"丕"，大。显：光耀，显扬。承：继承。此言文王之
　　德，后继有人。无射（yì）：不被厌弃。射为"斁"之假借字，
　　齐诗作"斁"。斯：语气词。

题解

　　《诗序》说："《清庙》，祀文王也。周公既成洛邑，朝诸
侯，率以祀文王焉。"《清庙》作为颂之始，是一篇赞美周文王
功德的祭祀颂歌。朱熹《诗集传》解释说："此周公既成洛邑而
朝诸侯，因率之以祀文王乐歌。"上博简《孔子诗论》说："《清
庙》，王德也，至矣！敬宗庙之礼，以为其本；秉文之德，以
为其蘖。"说出了重视祭祀宗庙的重要性。

　　此诗只有八句，言简意赅，辞清意显地赞颂文王功业。开
头两句主要写宗庙的庄严肃穆和助祭官员的庄重威仪。中间四
句写祭祀官员们为颂扬文王在天之灵而虔诚地忙碌奔走。最后
两句则赞颂了文王的美好德业，不被人们所忘记。清代方玉润
《诗经原始》说："此正善于形容文王之德也。使从正面描写，
虽千言万语，何能穷尽？文章虚实之妙，不于此可悟哉？"

噫嘻

噫嘻成王，既昭假尔。^一
率时农夫，播厥百谷。^二
骏发尔私，终三十里。^三
亦服尔耕，十千维耦。^四

译文

哎呀啊周成王，光明已降到这里。
率领农夫齐下地，马上耕田种百谷。
迅速开垦尔私田，三十里地尽开工。
你耕田来我劳作，万人务农齐劳动。

注释

一 噫嘻：赞叹声。既：已。昭：光明。假：同"格"，至，降
 临。尔：你，指农官；说指先王先公；一说尔为语助词，与
 "矣"同。

二 率：率领。时：是，这个。播：播种。厥：其。百谷：泛指
 各种谷物。

三　骏：迅速。发：发动。指开始耕种。尔：指农夫。私：一说指私田。一说同"耜"，为古代耕地的农具。终：尽。三十里：方圆三十里。

四　服：从事。十千：万人。耦（ǒu）：二人并肩而耕。

题 解

《诗序》说："《噫嘻》，春夏祈谷于上帝也。"这是一首春夏季节周王举行亲耕藉田之礼的祭祀诗，可能最早是为了纪念周成王祈谷于天的乐歌，歌辞赞扬周成王爱民重农之功业，同时也有劝戒农官之意。

全诗八句，前四句是周王向臣民宣告自己已祈告先公先王，得到准许举行藉田亲耕之礼；后四句勉励农官与农夫全面耕作，"终三十里""十千维耦"等语句描述了众人一起耕作的宏大场面。

武

於皇武王，无竞维烈。^一

允文文王，克开厥后。^二

嗣武受之，胜殷遏刘，耆定尔功。^三

译文

啊！伟大的周武王，丰功伟业无人及。

文王英明有文德，广开基业建周邦。

武王继承先祖业，举兵伐殷定乾坤，功业千秋永不朽。

注释

一 於（wū）：叹词。皇：大。竞：强。维：是。烈：功业。

二 允：确实。文：有文德。文王：周文王。克：能。开：开创。
　　厥后：其后，指其后世子孙的基业。

三 嗣：继。武：周武王。受：承受。遏：止也。刘：杀也。遏、
　　刘二字同义，即消灭，灭绝之意。耆（zhǐ）：致使，达到，
　　成就。

《诗序》说："《武》，奏《大武》也。"这首诗是周公所作祭祀周武王的祭祀诗乐章，可能就是孔子多次提到的和《韶》《武》之乐的《武》乐，也称为《舞》，主要颂扬了周文王的文德和周武王灭商的功绩。

周武王牧野克商，解民于倒悬，是孔子所提倡的圣人革命的重要例证。诗歌赞颂武王继承文王开创的事业，消灭殷商，建立举世无双的功业，千秋不朽。诗歌语言简洁而气势宏大，表现了对文王与武王功绩的赞叹。

鲁颂

　　《鲁颂》是春秋鲁国的颂诗，共有 4 首。鲁国是周公的封地，由周公长子伯禽兼国，在今山东曲阜一带。周成王因周公曾摄政为周王，有大功于天下，故赐周公天子礼乐，因此鲁诗就有了颂诗之名。因此，也可以把《鲁颂》看作《鲁风》。

有駜

有駜有駜，駜彼乘黄。一
夙夜在公，在公明明。二
振振鹭，鹭于下。三
鼓咽咽，醉言舞。四
于胥乐兮！五

有駜有駜，駜彼乘牡。六
夙夜在公，在公饮酒。
振振鹭，鹭于飞。七
鼓咽咽，醉言归。
于胥乐兮！

有駜有駜，駜彼乘駽。八
夙夜在公，在公载燕。九
自今以始，岁其有。十
君子有谷，诒孙子。十一
于胥乐兮！

译文

骏马肥壮又有力，良马驾车群臣坐。
日日夜夜在官府，处理公事多勤勉。
手持鹭羽舞翩跹，又如白鹭缓缓降。
鼓声节奏咚咚响，趁着醉意来跳舞。
手舞足蹈多欢乐！

骏马肥壮又有力，公马驾车群臣坐。
日日夜夜在官府，公事办完把饮酒。
手持鹭羽舞翩跹，恰似白鹭振翅飞。
鼓声节奏咚咚响，趁着醉意把家还。
一起饮酒多快乐！

骏马肥壮又有力，青骊驾车群臣坐。
日日夜夜在官府，官府宴饮多热闹。
从今以后享安乐，希望年年都丰收。
君子享有福禄多，将此传给尔子孙。
一起宴饮乐未央！

注释

一 驷（bì）：肥壮、强有力的马。乘：四马驾车为一乘。黄：黄马。

二 公：办公的处所。明明：一说为辨志明察，一说为勤勉。

三 振振：群鸟振翅而飞的样子。鹭：鸟名。这里当指舞者持白鹭的羽毛。

四 咽咽：形容鼓声有节奏。醉言舞：醉而起舞。言：语助词。

五 于：吁，句首发语词，无意义。胥：皆，都，指大家一起醉舞狂欢。

六 牡：公马。

七 鹭于飞：舞者振鹭羽如飞。

八 骍（xuān）：青黑色的马。

九 载：则。燕：通"宴"，宴饮。

十 有：有年，指丰收。

十一 穀：善也。一说禄也。诒：遗留。

题 解

　　《诗序》说：“《有駜》，颂僖公君臣之有道也。有道者，以礼义相与之谓也。”这是一首描写鲁僖公与群臣燕饮时守礼义的颂诗。诗歌有三章，皆以马儿的骏健强壮起兴，赞美了鲁僖公能够恩惠群臣，与臣同乐，又称赞群臣能够尽忠事君，恪守职责。此诗句式参差，音韵和谐，表现出宴会的和乐气氛。其中白鹭群飞的意象表达了诗人对安享太平的赞美，以及对后世子孙永保福禄的美好祝愿。

商颂

　　《商颂》应该是殷商盛世祭祀先王的乐歌，原12篇，部分散佚，周灭商，封商遗民在宋，宋保存了《商颂》5篇。

殷武

挞彼殷武，奋伐荆楚。一
罙入其阻，裒荆之旅，二
有截其所，汤孙之绪。三

维女荆楚，居国南乡。四
昔有成汤，自彼氐羌，五
莫敢不来享，莫敢不来王，曰商是常。六

天命多辟，设都于禹之绩。七
岁事来辟，勿予祸适，稼穑匪解。八

天命降监，下民有严。九
不僭不滥，不敢怠遑。十
命于下国，封建厥福。十一

商邑翼翼，四方之极。十二
赫赫厥声，濯濯厥灵。十三
寿考且宁，以保我后生。十四

陟彼景山，松柏丸丸。^{十五}

是断是迁，方斫是虔。^{十六}

松桷有梃，旅楹有闲。^{十七}

寝成孔安。^{十八}

译 文

殷王武丁真勇武，奋起讨伐南楚地。

深入艰难和险阻，大败楚军俘敌众。

统一荆楚定天下，殷王武丁功劳大。

你这偏僻荆楚地，位于远方国土南。

统一天下武功成，氐羌自那远方来。

无人胆敢不进贡，无人胆敢不朝拜，遵从殷王天下长。

上天命令众诸侯，建立都邑禹治地。

每年远行来朝见，不施过责不惩罚，劝民稼穑晓大义。

天命殷王来监察，天下之民守法纪。

没有差错不妄为，不敢懈怠和偷懒。

诸侯各国受命令，大封天下享福禄。

商朝都邑真严整，四方诸侯好榜样。

名声显赫传天下，先祖神灵真光辉。

享有寿年和安宁，神灵保佑后世孙。

登上巍峨高山巅，松树柏树笔直长。

锯断树木搬下山，斧头砍来利刀削。

松木椽子真笔直，柱子粗大排列齐。

建成宗庙神安享。

注释

一　挞（tà）：勇武的样子。殷武：指殷高宗武丁。奋伐：奋起讨

　　伐。荆楚：指南楚之地。

二　罙（shēn）：深的本字。阻：险阻。裒（póu）：“捊”的别体，

　　聚或取之意，与“俘”通，引申为俘虏。旅：指军队。

三　截：指截取划一。其所：指荆楚。此句意为统一了荆楚之地。

汤孙：商汤的子孙，在此指武丁。绪：功业，业绩。

四　维：发语词。女：汝，你。南乡：南方。此句意为荆楚居于我国的南方。

五　成汤：商汤之号。汤起初号为武，武功既成之后，又号为成。自彼：自那远方而来。氐（dī）、羌（qiāng）：中国古代西部的两个游牧部落。

六　享：进贡。王：作动词，读为去声，意为朝拜王。曰：发语词。常：长、首领，一说遵从。

七　多辟：诸侯。设都：建都邑。于：在。禹之绩：禹所治之地。绩通"迹"。

八　岁事：指诸侯每年朝见之事。来辟：犹来王也，即来朝。予：施。祸：通过，罪。适：通"谪"，谴责。稼穑：指农事劳动。匪解：不懈怠。

九　降：下。监：监察。下民：天下之民。严：同"俨"，敬也。有严即俨俨，意为守法严谨的样子。

十　僭（jiàn）：罪过，差错。不滥：不恣意妄为。怠：懈怠。遑：偷闲，偷懒。

十一　下国：指各诸侯国。封：大。建：建立。厥福：享有福禄。

十二　商邑：商的都邑。三家诗"商"作"京"。《白虎通·京师篇》说："夏曰夏邑，殷曰商邑，周曰京师。"翼翼：严整的样子。四方：指四方诸侯国。极：中，法。三家诗作"四方是则"。

十三　赫赫：显赫的样子。声：名声。濯濯：光辉的样子。灵：指武丁之神灵。

十四　寿考：长寿。宁：安宁。高宗之享国，五十有九年。一说，此句和下句为倒装，意为求神灵保佑我商朝的后世子孙长寿康宁。保：保佑。我：指商。后生：后世子孙。

十五　陟：登。景山：大山。一说为商都所在地的山名。丸丸：树干光滑挺直的样子。

十六　是：于是，乃。断：斩伐，把树木锯断。迁：搬运，把锯断的树木搬下山。方：是。斫（zhuó）：用斧头砍。虔（qián）：指用刀来削。

十七　松桷（jué）：松木削成的方形椽子。有梴（chān）：即梴梴，木长长的样子。旅：众多，一说陈列。一说旅为鑢之假借，意为磨。楹：柱子。有闲：即闲闲，粗大的样子。

十八　寝成：指建起的高宗武丁庙。孔安：很安，很适合高宗武丁之神来安享。

题 解

　　《诗序》说："《殷武》，祀高宗也。"这是一首祭祀殷高宗武丁之诗。诗中记载了高宗中兴的文治武功，并写到为高宗建立宗庙的情况。音韵铿锵、气势磅礴，体现了殷商后人追忆祖先时的自豪之情。诗歌语言形象，多用比兴，展现出成熟的艺术手法。

「若水古社」
高高国际国学品牌